主编　王泉根

少年阅享世界文学名著经典读本（简写本）

汤姆叔叔的小屋

（美）斯托夫人 著　　郭宇波 改写

苏州大学出版社
Soochow University Press

图书在版编目(CIP)数据

汤姆叔叔的小屋 /(美)斯托夫人著;郭宇波改写
.—苏州:苏州大学出版社,2016.7
(少年阅享世界文学名著经典读本:简写本 / 王泉根主编. 第二辑)
ISBN 978-7-5672-1538-2

Ⅰ.①汤… Ⅱ.①斯… ②郭… Ⅲ.①长篇小说—美国—近代 Ⅳ.①I712.44

中国版本图书馆 CIP 数据核字(2016)第 167307 号

少年阅享世界文学名著经典读本(简写本)第二辑
汤姆叔叔的小屋
(美)斯托夫人 著　王泉根 主编　郭宇波 改写

责任编辑	张　希
装帧设计	刘　俊
出版发行	苏州大学出版社
	(苏州市十梓街1号　邮编:215006)
	(网址:http://www.sudapress.com)
排　版	镇江文苑制版印刷有限责任公司
印　刷	苏州市大元印务有限公司
开　本	700 mm×1 000 mm　1/16
印　张	11.5
字　数	230 千
版 印 次	2016 年 7 月第 1 版　2016 年 7 月第 1 次印刷
书　号	ISBN 978-7-5672-1538-2
定　价	18.00 元

版权所有　翻印必究　印装差错　负责调换
苏州大学出版社营销部　电话:0512—65225020

导　　读

　　《汤姆叔叔的小屋》是19世纪美国女作家斯托夫人(1811—1896)最具影响力的作品,1852年4月在《民族时代》连载后于同年出版。当时美国南北双方在蓄奴制问题上正处于剑拔弩张的状态,《汤姆叔叔的小屋》的出现不啻一发重型炮弹,以其对蓄奴制的血泪控诉震撼了整个美国社会,在美国南北战争及美国黑人摆脱奴隶制枷锁的斗争中起了不可低估的作用。

　　斯托夫人从小生活在一个清教徒家庭,父亲莱门·比彻是著名的支持废奴主义的教士,曾任俄亥俄州辛辛那提市莱恩神学院院长;丈夫卡尔文·斯托是该神学院教授。他们全都反对蓄奴制,是著名的废奴主义者。斯托夫人笃信宗教,关心社会道德问题,她在与蓄奴制仅一河之隔的辛辛那提生活了十八年之久,并且也去过南方,耳闻目睹了黑奴被奴隶主任意打骂和买卖,以致妻离子散、家破人亡的种种令人发指的惨状。

　　斯托夫人在自己家中收留过许多逃奴,也接触了大量逃到自由州的黑人,听他们亲口讲述在奴隶制下的痛苦遭遇。蓄奴制的酷刑与罪恶、形形色色的奴隶与奴隶主、专以追捕逃奴为生的人物形象在她的脑海里活灵活现;黑奴在蓄奴制下的生活和为逃离奴隶生活所做的英勇不屈的斗争也在她的脑海里不断浮现。

　　《汤姆叔叔的小屋》出版后一直风行全美国,一年内销售了三十多万册,并被译成四十二种语言,在当时社会产生了很大的影响。小说没有笼统地谴责美国南方,而是通过人物的塑造、人物的命运,在广阔的社会背景下揭示蓄奴制对人精神的毒化,指出它所造成的对奴隶乃至奴隶主灵魂的扭曲是蓄奴制最大的罪恶。她塑造了形形色色的奴隶主,由于他们的不同禀性、不同教养、不同出身、不同经历,对黑奴的态度也有所不同。如看到蓄奴制的罪恶但又感到无能为力而对黑奴宽容的圣·克莱尔,还有暴力成性的雷格里。她笔下的黑奴也是各不相同,有为救儿子而冒险跨越俄亥俄河的丽莎,有受屈辱后机智出逃的凯西,有宁死不为奴、立志为自由而斗争的乔治·哈里斯,也有笃信宗教、正直善良、委曲求全但决不背叛信仰、出卖灵魂的汤姆。就连许多小人物也令人难忘,如机灵、世故的托普西,受尽折磨、玩世不恭的黛娜,为了自己的生存在蓄奴制下丧失本性的黑人工头山宝和昆宝,等等。

  作者通过穿插轮述的方式,重点描写了两个黑奴不同的遭遇以及对蓄奴制不同的态度和不同的结局。这两个平行的故事差不多是独立的,而又有机地交织在一起。肯塔基温和的庄园主谢尔比因负债累累,受人牵制,被迫卖掉庄园上最得力、最忠实可靠的黑奴汤姆叔叔和谢尔比太太最宠爱的使女丽莎的爱子哈里来抵债。丽莎偷听到这个消息,就决定携子连夜逃走;丽莎的丈夫乔治·哈里斯也因不堪其东家的虐待和凌辱,乔装逃走了。他们在途中不期而遇,在废奴派人士的帮助下,终于击败追兵,逃到加拿大,一家三口获得了自由。乔治后来与离散多年的姐姐艾米利重逢;姐姐是个富孀,送他去法国留学。学成后,他不愿到美国当"二毛子",决心到非洲利比里亚去,为建设一个非洲人的国家而努力奋斗。这是一条敢于为自由而斗争的有志黑人青年的道路,是走向个人自由和民族解放的光明道路。

  汤姆叔叔被卖给了奴隶贩子黑利,在被贩运往南方去的船上,救了一个落水的幼女伊娃,那小姑娘的父亲克莱尔就买他为家奴,待他很宽厚。但不久,克莱尔因劝架死于非命,汤姆叔叔又被女主人拍卖出去,落到了残暴的庄园主雷格里手里。由于生性正直,不肯屈服雷格里的暴力,汤姆叔叔最终被活活打死。这是一条委曲求全、杀身成仁的道路。

作者歌颂汤姆叔叔这个人物,因为他正直、善良、不畏强暴、不肯出卖灵魂,但作者看得清楚:像汤姆叔叔这样一个正直、善良的黑奴,在美国当时的奴隶制度下,他的一生必然会以悲剧告终。汤姆的悲剧在当时的美国南方是具有深刻的典型意义的。一个安分守己的黑奴,有可能遇上一个好东家,生活比较安逸,然而好日子总是长不了的,好心的东家会破产、会死亡、会发生各种意外,黑奴又得被拍卖,颠沛流离、骨肉离散是必然的趋势。最后落到恶东家的手里,不是被折磨而死,就是劳瘁而死,想摆脱这种命运,想要不当奴隶,只有走乔治这条斗争的路。

作者笔下的汤姆叔叔,忠厚诚实,笃信宗教,安于做奴隶的地位,对主人家忠心耿耿,干活肯卖力气;但正义感强,不义的事他决不会干,而且能舍己为人,顾全大局,因此深受黑人尊重。作者通过几件大事突出了汤姆叔叔的上述形象:

第一件事是谢尔比决定把他卖掉抵债后,丽莎和他妻子克洛劝他逃走,可是当知道他逃走以后庄园上的全部黑奴和他的妻子儿女都得被卖掉时,他就拒绝逃走,宁愿自己一个人承担被卖的厄运,不过他还是鼓励丽莎逃走。

第二件事是他在雷格里庄园上摘棉花时,看见有个苦命女人体弱无力,棉花摘得很少,肯定完不成定额会受到鞭打时,他冒险把自己篮子里的棉花塞进她的篮子里;后来过秤时被发现了,雷格里本来有意提拔汤姆叔叔当监工,于是就委派他鞭打那个女人。汤姆叔叔当面拒绝了他,说我的身子卖给了你,我愿意尽力为你干活,但我的灵魂不属于你,欺压别人的事我不能干,结果遭到雷格里的毒打。

第三件事是凯西和埃默林设计逃走之初,曾邀汤姆一起走,而汤姆却盼着家里人带钱来赎他。同时,他觉得自己的使命应该同庄园上其他的苦命黑奴在一起,诱导他们信奉上帝,因而又不肯同行,但还是鼓励凯西和埃默林逃走。他们逃走后,雷格里明知他知道底细,逼他说出她们的去处,汤姆叔叔宁死不愿出卖难友,终于遭到雷格里致命的毒打,因而死于非命。汤姆叔叔是个复杂的人物,他身上有宗教的烙印,使他安守本分,采取不抵抗主义;但他毕竟是刚正不阿的人,对邪恶宁死不屈,因此在奴隶制度下,必然会落到这个下场。

书中塑造得比较成功的人物还有乔治·哈里斯。他英俊,聪明,年轻有为,渴望自由,富有反抗精神。这个人物描写最精彩的地方,是乔治乔装西班牙公子逃亡的那个场景。乔治的机智勇敢、为争取自由而表现出来的大无畏气概跃然纸上。尤其是他在旅店里对工厂主威尔逊说的那番话,气壮山河,使好心而保守的威尔逊都不禁为之折服,从而鼓励、资助他去追求自由。

总之,《汤姆叔叔的小屋》是一部具有巨大艺术感染力的作品,在世界各地激起无数正直的人对奴隶制度的无比义愤,赢得了亿万读者的同情之泪,同时,它为美国的废奴运动起到了不可低估的作用。

目　　录

谢尔比先生的烦恼 ·· 1

　　自从奴隶贩子黑利走进谢尔比先生的家,不幸就降临了,随之而来的不仅仅是心灵的折磨,还有骨肉的分离。

黑奴的悲哀 ·· 5

　　世间最大的悲哀,莫过于不能主宰自己的命运,被人当作一件可以买卖的商品。眼看着心爱的人离去,自己却只能默默忍受。

汤姆叔叔 ·· 10

　　这是一个小小的世界,有伟岸的丈夫,有勤勉的妻子,有可爱的儿女,有一个家庭应有的温馨。可是,等待他们的又是什么呢?

逃亡的母亲 ·· 18

　　丽莎是一个温顺可爱的小女人,她有着优雅的风度、高贵的举止和令人心动的美貌。可是,是什么力量使她成为一个逃亡的母亲呢?

母性的光辉 ·· 21

　　世界上有一种爱,她可以超越一切情感,她可以战胜一切困难,她可以创造人间奇迹,那就是世界上最伟大、最圣洁的爱——母爱。

不公正的法律 27

　　法律是无情的,但人不一样,正因为如此,丽莎和哈里才得以脱离虎口,演绎了一曲动人的爱之歌……

神秘的旅客 34

　　自由在他的眼里,有如阳光、雨露、空气和水,有了它,生命才得以延续……

上路 39

　　他久久地凝视着这一片熟悉的土地,这一片曾留下他的痛苦、留下他的欢欣的土地——泪如泉涌。或许,这一走就是永别……

重逢的喜悦 44

　　她躺在床上,仿佛飘荡在波涛汹涌的大海上,温柔的海浪拍打着她,洁白的海鸥簇拥着她,一切显得那样的轻盈而美好。她以为是在做梦,可这却是不容置疑的真实。

奴隶拍卖会 47

　　这是一桩桩魔鬼的交易,不知要撕裂多少人的心,也不知要破坏多少个家庭,把一个个敏感而无助的黑人推上疯狂绝望的边缘。

抗争 53

　　他们的神情庄严、肃穆,有对未来生活的憧憬,但更多的是对命运的抗争。

小天使 59

　　她美丽、圣洁,宛如冬日里的第一缕阳光,给多少疲惫、伤痛的心灵带来温暖和慰藉。

自由之路 62

　　伊利湖上碧蓝的水波,在阳光下闪烁跳跃。一阵清风吹来,那艘气宇轩昂的轮船一路乘风破浪,驶向自由的港湾。

奥菲利亚小姐 65

　　这是一处美丽的住所,庭院宽阔,树木苍郁,还有潺潺流淌的小溪环绕,可谁知道那平安下伏着的纷扰?

奴隶之死 73

　　她的孩子哭死了,就为了让自己听不见孩子的哭声,她开始喝酒。她以为酒是最好的忘忧草,可谁知她陷入了更深的痛苦中,以致失去了生命……

托普西 83

　　不知父母是谁的托普西,被克莱尔当作礼物送给了奥菲利亚小姐。尽管她在此受到了很好的照顾,可是,谁又能抹掉她幼小的心灵里被深深打下了的奴隶的烙印呢?

故乡的消息 88

　　被卖到克莱尔家的汤姆叔叔,虽然在主人家过得很好,活儿也不重,可思家的情绪就像毒蛇一样撕咬着他的心……

预感 91

　　啊!假如我有黎明的翅膀,
　　我将飞往迦南岸,
　　光明的天使将带我回家,
　　带我到新耶路撒冷我的家乡。

表兄 ··· 97

　　圣·克莱尔的孪生兄弟阿尔佛雷德,带着他十二岁的儿子亨利克来湖边别墅度假。

小福音使者 ··· 106

　　生命尚如神曦,已见死神相通。
　　从此生死两别,切莫悲恸哭泣。

伊娃的死 ··· 110

　　她的生命是如此短暂,就像流星划过天际,可她的爱将激励所有活着的人……

世界末日 ··· 117

　　自从有人告诉克莱尔"她已经去了"的那一刻起,这世界就已经不存在了。一片阴沉的迷雾,一种麻木的痛苦,强烈地揪着他的心。有人跟他说话,有人跟他提问题,有人问他什么时候举行葬礼,他全都是迷迷糊糊的。他的心里空得难受,他觉得这个世界一下子变得一无所有……

拍卖 ··· 129

　　汤姆、阿道尔夫和其他五六个黑奴,一起被送到黑奴货栈等候拍卖。为了掩饰内心的空虚和不安,他们尽量装得满不在乎,尽量装出可爱的笑脸来等候一个好的新主人。

苦难的生活 ··· 131

　　你眼目纯净不容邪恶,也不容不义。为何对行为诡诈的视而不见,对吞灭比自己公正的恶人缄口不语呢?

　　　　　　　　　　　　　　《哈巴谷书》第一章第十三节

凯西的反抗 ……………………………………… 141

> 看哪,受欺压的流泪,欺压者有势力。因此,我赞那已死的死人,胜那我赞那仍活着的死人。
>
> 《圣经·旧约·传道书》第四章第一节

一束金发 ………………………………………… 144

> 纸包里包的是一束金灿灿的长发,那是伊娃小姐的遗物,却唤起了雷格里久违了的回忆,激起了他内心深处的不安和恐惧。

两个女人 ………………………………………… 148

> 看哪,受欺压的流泪,且无人安慰;欺压他们的人有势力,也无人安慰他们。

女奴的计划 ……………………………………… 154

> 每当夜晚来临,那上面就传来阴森可怖的哭泣声,那哭声随着风声传出很远,仿佛鬼怪在那里呜咽……

汤姆叔叔之死 …………………………………… 158

> 不要以为上帝已把正直的人抛弃
> 尽管连生活最平常的赠予也遭拒,
> 尽管受尽凌辱,
> 心也在蹂躏下流血破碎。
> 要知道上帝记下了每一个悲惨的日子
> 每一滴辛酸的眼泪;
> 天国万年的幸福
> 将报偿他儿女在尘世的痛苦。

鬼的真面目 ……………………………………… 165

> 在半梦半醒之间,他觉得门在一点点打开,他的手

脚一点点动弹不得。突然,他惊醒过来,见门大开着,一个白色的影子飘进屋里……

走向自由 ……………………………………………… 170

每当你们看到汤姆叔叔的小屋,就要想到自己难能可贵的自由,你们一定要听汤姆叔叔的话,做一个虔诚的基督徒……

谢尔比先生的烦恼

自从奴隶贩子黑利走进谢尔比先生的家,不幸就降临了,随之而来的不仅仅是心灵的折磨,还有骨肉的分离。

这是二月里一个寒冷、孤寂的下午,天空阴沉沉的,偶尔还飘着几片雪花。街道上几株不知名的高大乔木,在寒风中摇曳着光秃秃的枝丫,有几只鸟儿抖动着翅膀在枝丫间跳来跳去,一副悠闲自得的样子。在肯塔基州一个小镇谢尔比先生考究的客厅里,有两个男人在一边喝酒一边交谈。从谈话的神态来看,他们的话题并不轻松。

那个矮矮胖胖、手上戴满金戒指的男人,他的外表傲慢、冷酷,却尽力要装出一副和蔼的绅士模样,他说:"这样做买卖可不行,谢尔比先生。"

"可是黑利,"谢尔比先生诚恳地说,"汤姆是一个优秀的黑奴,他既聪明又能干,我把自己的农场交给他,他管理得有条不紊。光是他自己就可以抵得上三个人。难道还不能抵偿我欠你的债款吗?如果你有良心的话,你就会这样做的。"谢尔比先生不仅有着绅士的风度、文雅的谈吐,而且还是个和蔼可亲的人,他想尽量说服黑利。

"可是,只有一个黑奴,实在太少了。而且我这个人很爽快,只要是合情合理的,我愿意尽一切力量来满足朋友的要求,可是这件事对我太难了。"黑利叹了一口气,一副为难的样子。

"可是,"谢尔比先生沉默了一会儿后不安地说,"你要怎样才会满意呢?"

"你不能在汤姆之外搭上一个男孩或一个女孩吗?"

"唉——我没有多余的人了,说实话,不到万不得已我是不会出卖黑奴的。而且——"

这时门开了,一位四五岁的混血男孩走了进来。他有着天然的卷发,黝黑的皮肤,长而黑的睫毛和一对可爱的小酒窝。他是一个漂亮、英俊的小男孩,看到他的人无不从心眼里往外喜欢。黑利眼睛都直了。

"哎!哈里,给这位先生表演一下你的歌舞。"谢尔比先生热切地说。

孩子一点儿也不怯场,他的身上掺和着羞涩、滑稽的自信状态,说明他习惯了主人的爱抚和青睐。

小男孩好奇地打量着黑利,然后,对他莞尔一笑,用清脆圆润的声音开始唱一首黑人中流行的热烈奇异的歌。那歌声节奏明快、旋律优美,哈里卖力地唱着,身体配合着节奏摇晃、舞蹈,并不时做出滑稽可笑的动作。

"好啊!"黑利拍掌叫绝,并扔给他一个黄灿灿的橘子作为奖赏。

谢尔比先生的脸上浮现出久未见到的笑容,痴迷地看着这个孩子。

"把这个小男孩给我吧,我们的债就两清了!"黑利兴奋地拍着谢尔比先生的肩膀说。

"不行,黑利,"谢尔比先生忧心忡忡地说,"他的母亲会把我撕成碎片的,而且,我也不愿看到母子分离的凄惨景象。"

"你什么时候变得仁慈起来了,谢尔比先生?"

这时门被轻轻推开了,进来一个有四分之一黑人血统的年轻女子。她身材窈窕,面貌姣好,有着同样睫毛长长、神采奕奕、大而黑的眼睛,同样鬈曲的丝缎般的黑发,一眼就能看出她是孩子的母亲。当她发现陌生男人的眼睛肆无忌惮地盯着她看时,脸上腾起淡淡的红云。

"对不起,我来找哈里。"她的声音甜美、清脆,就像山间婉转啼鸣的百灵鸟。

小男孩像弹子一样蹦向她,立刻把衣兜里的战利品展示给他的母亲。年轻的母亲笑了,爱怜地把他抱在怀里。

"把他带走吧,丽莎。"主人挥挥手。

"哇!真是个天生的尤物!谢尔比,你发财了!"黑利兴奋异常。

"我不想在她身上发财。"谢尔比冷冷地说。

"那么,把那个孩子给我吧,我出最好的价钱。"

"你要个孩子有什么用?"

"啊,我有朋友专门从事这种买卖——把他们养大了卖给有钱的人家去作陪衬,价钱好得很。"

"我不会卖他的。"谢尔比坚决地说。

"那你欠的债务怎么办呢,谢尔比先生?"黑利仍苦苦相逼。

"我得跟我的妻子商量一下,晚上七点钟以后来吧,我会给你答复的。"谢尔比嫌恶地对他说。

"好吧。"黑利弯腰致意后退了出去。

"卑鄙的家伙。"谢尔比对着黑利的背影恨得咬牙切齿,他是一个心地善良的好人,所以才会在商场上备受欺凌,欠下了大笔的债务,而他的这些债据又大量地落在了做投机生意的黑利的手里。

丽莎听见了老爷和奴隶贩子的谈话,她惊呆了。是听错了吗?她的心脏狂跳起来,不由自主地把孩子紧紧地搂在怀里,孩子被搂得喘不过气来,仰起脸惊讶地看着他的母亲。

"丽莎,你怎么啦?"平时做事清爽利落的丽莎,今天却频频出错,太太有些奇怪地问。

"啊,太太,"丽莎哭了起来,哽咽地说,"老爷要把哈里卖给那个奴隶贩子。"

"卖掉哈里?不会的。先生怎么会这么做呢?好啦,别哭了,丽莎。帮我把头发盘起来,以后别在门外偷听了。"

"不过,太太,你得答应我永远也不要把我的哈里卖掉。"

"别傻了,丽莎,怎么会卖哈里呢?你不要以为有客人来,就是来买他的。你也太高估你的孩子了。"

听到夫人坚决的口气,丽莎终于放心了。便开始用灵巧的手,为夫人装扮起来。

谢尔比先生一想到要将汤姆和哈里出卖,心情就无比的沉重。时间一点一点过去,他却无法跟夫人启齿,因为他知道这必定会遭到夫人的强烈反对。怎么办呢?他陷入无尽的烦恼中……

黑奴的悲哀

世间最大的悲哀,莫过于不能主宰自己的命运,被人当作一件可以买卖的商品。眼看着心爱的人离去,自己却只能默默忍受。

美丽动人的丽莎是夫人从小带大的,由于生得乖巧伶俐,备受夫人的宠爱。她有赏心悦目的外貌,有高贵优雅的气质,有一颗不受诱惑的心灵。她是一个安静温顺的好女人、好母亲。

丽莎的丈夫乔治是附近一个农场的奴隶,他善良朴实,聪明能干,在一家制造麻绳的工厂做工。由于工作认真负责,他很快就成为厂里最优秀的工人。他发明了清洗麻绳的机器,受到了全厂工人的赞扬。

乔治是一个英俊挺拔、相貌出众的青年,他的举止端庄大方,彬彬有礼,厂子里的人都很喜欢他。可偏偏他的主人,是个狭隘、庸俗、残暴的白人。他嫉妒乔治,看乔治在工厂里那样的受人尊重和爱戴,他感到自愧不如。他要压制乔治,不能让他在绅士中间趾高气扬,而忘了自己的奴隶身份。

"我要把乔治带走。"有一天,他来到乔治工作的地方,不耐烦地对厂长说。

"可是,哈里斯先生,"工厂主抗议地说,"这不是太突然了吗?"

"突然又怎么样?难道这个黑奴不是我的吗?"哈里斯的口气非常的不友好。

"可是,先生,他特别地适宜干这一行。"

"那又怎么样?他还得跟我走!"心胸狭窄的哈里斯认为,如何处理他的黑奴乔治那是他自己的事,任何人都没有权利阻止和反对,因为在当时,奴隶是一件可以任意买卖的商品。

"先生,我情愿给您增加补偿费。"厂长仍然为乔治说情,但哈里斯并没有答应他的请求。

气氛相当紧张。突然有一位工人插嘴说:"乔治发明了洗麻绳的机器,你知道吗?"

"哼,这些黑奴经常在想一些偷懒的办法。以后,我决不准他们这么做。"哈里斯不以为然地打断他的话。

乔治听到这个无法抗拒的消息,呆若木鸡地站在那里。他交叠起双臂,紧紧地抿着嘴唇,那大而黑的眼睛喷射着烈焰。他心里有一千个不明白,白人黑人同样都是人,为什么黑人就只配做白人的奴隶呢?难道在这个世界上,就没有一片土地能让黑人像树木和花草一样自由地生长吗?

乔治被带了回去,干农场里最下贱的苦工。他默默地承受这一切,但是内心的不平仍然表现在他因愤恨而扭曲的脸上。

暮色渐浓,淡蓝色的炊烟袅袅升起,望着远方薄雾笼罩的山岚,乔治不可遏制地思念着他的妻子丽莎和儿子哈里。正是受雇于工厂的那段快乐的日子,乔治遇到了美丽善良、风情万种的女子丽莎。他们从相遇、相知到结婚,日子一直过得甜甜蜜蜜、水乳交融。差不多有一两年的时间他们经常在一起。除了两个婴儿的夭折使她极度悲伤外,没有什么东西来破坏他们的幸福。但是,自从小哈里出生以后,她便安静下来了,整个的身心都扑在孩子身上,慢慢地变得健康正常起来。在丈夫被粗暴地从仁慈的雇主身边夺走前,丽莎是幸福的。

一个星期后,工厂主拜访了哈里斯先生,他希望在当时的火气消了之后,能想方设法使乔治回工厂去干活。

"别做梦了!这个人是我的,我想怎么对他都行,就是不能到你那儿去。"

乔治最后的希望破灭了。

夫人乘马车去参加友人的宴会了,丽莎若有所思地望着渐渐走远的马车,发出无奈的叹息。一只手突然搭在了她的肩膀上,她回过头去,眼睛里立刻燃起了欢快的笑意。

"是你啊,乔治,吓了我一大跳!夫人刚刚出门了。到我的小屋里来吧,就我们两个人。"丽莎牵着丈夫的手,兴奋地往房间里走。

"你怎么啦,乔治?你不高兴吗?你看看我们的哈里,他长得多漂亮啊。"孩子紧紧地抓着妈妈的衣服,害羞地站在那里,从鬈曲的头发后面看着他的父亲。

"要是这个孩子没有出生就好了……不,要是世上没有我就好了。"乔治悲愤地说。

"乔治,发生了什么事?"丽莎把头靠在乔治的肩上,小声地抽泣起来。

"丽莎,吓着你了。你要是没有遇见我就好了,就可以过好一点的生活。"

"乔治,我们不是一直都很幸福吗?出了什么可怕的事了,你快告诉我。"丽莎的声音充满着焦急和惶恐。

"是的,亲爱的。"乔治把儿子抱在膝上,专注地盯着那双美丽的黑眼睛。

"我很失望,丽莎,一切都不如人意。看不到前途,看不到希望,我们只会在白人的皮鞭下苟且偷生,在痛苦中燃尽我们的生命。活着有什么用?"

"乔治,你千万不要这么说,不可以。尽管你失去了工厂的工作,你的主人又很冷酷,但我们还是必须忍耐。"

"忍耐?"他打断她的话,"我早已无法忍耐了。难道他们是人,我们就不是人吗?不,我可能还比他强!"积压已久的愤恨终于像火山一样地爆发了。

"他让我干最苦最累的活,我都忍过来了,他说我们的婚姻是错误的也没有关系。可是,他要我跟他家的女奴结婚,不然的话,就要把我卖到南方去。"

"那怎么可以,我们已经结了婚,是牧师给我们主婚的呀!"

"奴隶的婚姻根本就不被认可,这个国家也没有制定有关奴隶结婚的法律。如果我们没有结婚,孩子没有生下来,那就好了。这个孩子以后也不知道要卖到哪里去?"

"怎么会呢,老爷的心肠那么好!"

"可是,老爷也会死去。以后的日子谁知道会怎么样呢?"

一想到哈里会被卖掉,丽莎的心就直往下沉,她的脑海里又浮现出奴隶商人狰狞的面孔。她就像落水的人一样,想拼命抓住一点儿什么,可是,找不到一根救命的稻草。她看一眼在阳台上拿着谢尔比先生的拐杖当马骑的哈里,真想把心里的疑虑告诉乔治,可她一看到神情忧郁的丈夫,就一句话也说不出口了。

"坚强一点儿,我的好丽莎,我马上就要走了。"乔治伤感地告诉妻子。

"你要到哪儿去?"

"加拿大。"他直起身子,很坚决地说,"等我到了那里,一定会把你和哈里赎出来,这是我唯一的希望了。但愿上帝保佑我们能够骨肉团聚。"

"太可怕了,乔治,你要是被他们抓住怎么办?"

"我不会被抓住的,丽莎。反正不走也是死路一条,现在我们就只有自由和死亡这两条路可以选择。"

乔治走到阳台上,抱起小哈里,不断地亲吻他稚嫩的双颊,他在心里一遍又一遍地说:"再见了,我的宝贝!再见了,我的儿子!但愿我们今生还能够相见。"

"乔治,你走了以后,千万要保重啊!我和孩子等着你的好消息。我会天天为你祷告的,祈求上帝帮助我们,保佑我们平安。"

"丽莎,上帝会听见你的祷告的。再见了,我亲爱的宝贝。"他们紧紧地拥抱着,生离死别的痛苦,正强烈地撕咬着他们的心。好久好久,乔治才放开泪流满面的丽莎,掉头离去。

正是黄昏,如血的残阳将西天的云彩烧得通红,丽莎看着丈夫默默离去的背影肝肠寸断。

汤姆叔叔

这是一个小小的世界,有伟岸的丈夫,有勤勉的妻子,有可爱的儿女,有一个家庭应有的温馨。可是,等待他们的又是什么呢?

汤姆叔叔的小屋就建造在谢尔比家的旁边,那是一幢用原木建成的小屋,尽管陈设很简单,但温馨可人。最为引人注目的是墙上装饰着的那些色彩鲜艳的圣经画,在很大程度上,展示了主人的宗教和信仰。木屋前面有一块整齐的园子,那里一年四季热闹非凡,草莓、山莓,还有各种各样的水果和蔬菜长得十分茂盛。那些红色的牵牛花和土生的多花蔷薇交织缠绕,几乎把粗糙的小木屋覆盖了。金盏花、紫茉莉和各种各样的花卉,把这里变成了花的海洋。每到夜晚,小屋周围弥漫着浓郁的花香。

克洛婶婶是谢尔比家负责烹调的厨娘,每天她把晚饭做好后,就回到自己的小屋,给汤姆叔叔准备晚餐。她是一个了不起的厨娘,在这个地区享有盛誉。无论是烧烤还是炒菜,她都是一流的。毫无疑问,她从骨子里到灵魂深处,都是一个极好的厨师。

此刻,皮肤黝黑、圆脸的克洛婶婶,正在炉前烤着面包。炉火照亮了她圆润的脸上那满意知足的笑容。小屋的一角,两个满头鬈发的胖胖的男孩,正和他们刚开始学走路的小妹妹嬉闹着。屋子里充满了孩子们的欢笑声。

汤姆叔叔坐在火炉前一张粗大的桌子旁,正专心致志地练习着几个英文字母。他是个身材高大、体格魁梧、健壮如牛的非洲男人。他质朴、善良、通情达理,但又不失自尊和威严,是谢尔比家最最出色的仆人。

此刻,他正仔细地描着几个英文字母,那粗大的、长满老茧的手笨拙地握着纤细的笔,是那样的认真、那样的严肃,仿佛正进行着生命中最庄严的事情。

"错了错了,汤姆叔叔,那小辫子应该是这边,不是那边……"十三岁的小主人乔治正以小老师的姿态指点着汤姆叔叔。

"往这边写就变成 Q 了,G 是往这边写才对呀!"

"哦,是这样的吗?"汤姆叔叔不好意思地笑笑,带着敬佩的心情,看着小主人给他区分 Q 与 G、C 的不同,然后拿起铅笔,一遍一遍地反复练习。

"为什么白人学东西都那么容易呢?"克洛婶婶停下手里的锅铲若有所思地说。

"哎呀!克洛婶婶,我都快饿死了。你的蛋糕还没烤好吗?"

"行了行了,马上就可以吃了。"克洛婶婶把香喷喷的大蛋糕放在餐桌上,小乔治和她的两个黑孩子坐在餐桌旁,狼吞虎咽地吃起来。

"克洛婶婶,你的手艺真是一流的,比蛋糕店里烤得还要好吃喔!"乔治赞不绝口地说,"他们让我回去吃饭,我才不去呢,我知道克洛婶婶这儿有好吃的。"

"是吗?乔治,你可会哄克洛婶婶开心啦!"

克洛婶婶的脸上笑得一朵花似的,她最高兴的就数别人夸她的手艺好了。

"走开,小鬼头,别闹了!"克洛婶婶吼道,可他们根本就没有把妈妈的话当一回事,调皮捣蛋的莫西和彼得,依然在桌子底下钻来钻去。一会儿在地上打滚,一会儿又扯扯小妹妹的脚指头,还不时相互胳肢,笑得全身乱颤,不时发出一声声锐利的尖叫。

"噢!"克洛婶婶说,"我的老天,你们有没有够,我的脑袋都大了。"

"哈!"汤姆叔叔说,"他们都高兴得打不住了。"

这时候,莫西和彼得仿佛听从了妈妈的召唤似的,从桌子底下钻出来,满手满脸的糖浆就使劲地去亲小妹妹。

"从来没有见过这么讨厌的孩子。"克洛婶婶假装生气地说,然后拿起湿手巾把孩子脸上手上的糖浆擦干净,起身把孩子放在汤姆叔叔的怀里,去收拾吃剩的晚餐。

汤姆叔叔把孩子举得高高的,乔治少爷在一旁啪啪地挥动着他的白手绢,孩子又蹦又跳,发出咯咯的欢笑声。

"孩子们,请安静一点,马上就要举行聚会了。"克洛婶婶大声地说。

这一带的黑人,每个周末都要到汤姆叔叔的小屋里聚会一次,他们在一起唱唱诗歌、读读《圣经》、做做祷告,给那颗苦难的心灵带来一点点慰藉。不管是八十岁的老妪,还是十八岁的少女,他们都自发地来到这里。一起唱完诗歌后,他们就听乔治少爷朗读《圣经》。乔治的声音悦耳动听,就好像是山间流动的泉水,在他们的心灵上溅起飞腾的浪花。

汤姆叔叔在这一带很受欢迎,有关宗教方面的事都是他出面完成的。他有很好的道德修养,有很不一般的思想深度,黑人们都很拥戴他。特别是他祈祷时的亲切、诚恳,在人们的心灵上激起强烈的共鸣,让他们仿佛觉得那就是上帝的声音,在愉悦中,使人们的心灵得到净化、得到飞升……

七点钟,奴隶贩子黑利准时来到谢尔比先生的家中。在那张一同喝过美酒的客厅的桌子上,谢尔比先生艰难地签上了自己的名字。

"好了,这桩交易终于完成了。"黑利站起来兴奋地说。

"完成了。"谢尔比先生若有所思地重复着。

"怎么,你好像不高兴?"奴隶贩子说。

"黑利,你可得善待汤姆,我是没有办法才这么做的,你可不要随便把他卖掉啊。"

"你有什么权利要求我,你刚刚不是把他卖了吗?"黑利反唇相讥,"我走了,谢尔比先生!"

奴隶贩子走了,天渐渐黑下来。谢尔比先生陷进宽大的沙发里,不断地抽起雪茄来。烟雾环绕,像他的心事一样久久不肯散去。

晚上,谢尔比夫人回到卧室,她的丈夫正在扶手椅上看今天下午寄来的信件。谢尔比夫人走到镜子前,松开丽莎为她梳的发卷。她想起白天丽莎跟她说的话,便开口问她的丈夫:"哎,你今天请到家里来吃饭的那位讨厌的商人是谁呀?"

"哦!他叫黑利。"谢尔比不安地在椅子里转动着身体,眼睛继续盯在那封信上。

夫人觉察到有些异样,便继续追问:"那个人是奴隶贩子吗?"

"为什么会有这种想法呢?"谢尔比先生企图瞒骗妻子出卖奴隶的事。

"中午的时候,丽莎哭着告诉我,你要把她的哈里卖掉。可是哈里还这么小……我告诉她这是不可能的事——真是个可笑的小傻瓜。"

"是吗?"谢尔比先生的眼睛回到书信上,似乎在专心地看信,却发现信拿倒了。

"这事早晚得知道,"他心里想,"不如现在就告诉她。"

"是真的,爱米丽,我的经营状态一点也不好,不得不把家里的仆人卖掉……我已经走投无路了。"

"你不是在开玩笑吧,谢尔比先生?"听着丈夫一字一句说出事情的真相,谢尔比夫人几乎晕倒。

"对不起,是真的,我已经决定卖掉汤姆。"谢尔比先生放下信件,几乎不敢正视妻子的眼睛。

"什么,卖掉汤姆?他可是我们家最忠实的仆人啊!打你小时候开始,就一直忠心耿耿地照顾谢尔比家,你还答应给他自由呢,这件事我们都已经告诉他了。你该不会把丽莎唯一的孩子哈里也卖掉吧?"谢尔比夫人既悲伤又愤慨。

"事情到了这种地步,我也只好实话实说了,汤姆和哈里都被我卖掉了。"

"你怎么可以这样呢,谢尔比先生?"

"我已经没有办法了。我欠了黑利一大笔债,不得不……"谢尔比先生难过地扭过头去。

"上帝啊,这是什么世道,法律竟允许白人买卖奴隶,这根本就是野蛮,是不开化。想想忠实又善良的汤姆吧,想想可怜的丽莎的孩子吧,我真是愤愤不平……"

"明天一早,黑利就会来带他们走。"谢尔比先生的话无异于重型炸弹在爱米丽的头上炸开。

"我没有值钱的首饰,我只有这块金表,只要能救丽莎的孩子,我什么都不在乎。"

"对不起,夫人。我不知道这件事会对你造成这么大的影响。但是没有用了,所有的文件都已经办妥,契约都已经签好了。"

"我希望上帝能够救救不幸的汤姆,还有可怜的哈里。上帝啊,请原谅我这有罪的人吧!"谢尔比夫人双手合十,闭着眼睛,虔诚地祷告着。风从敞开的窗子里吹进来,吹动着她散乱的秀发,吹干她满是泪痕的脸。

在隔壁房间里,丽莎从头至尾听到了他们的谈话。她喉头发紧,全身发麻,几乎瘫倒在地。她的心里只有一个念头,那就是救救孩子。她小心翼翼走到夫人的房门口,举起双手向上帝做无言的祷告,然后悄悄地回到自己的房间。

哈里正熟睡着,胖胖的小手露在被子外面,或许是阳光天使进入了他的梦,他的脸上还带着甜甜的笑意。

"可怜的孩子,你睡得这样香甜,你还不知道他们把你卖掉了!"丽莎叹了一口气坚决地说,"不过,妈妈一定会救你。"

过度的悲伤,使她欲哭无泪。她匆匆地拿出纸和笔,给夫人写下辞别书:

夫人,亲爱的夫人,不要以为我是忘恩负义的人。你和老爷的谈话我都听到了。我必须救我的孩子,请不要责备我。好心的夫人,愿上帝给你平安、幸福。可怜的女人,丽莎。

丽莎很快地把信折好,放入信封内,然后迅速地收拾了几件衣服,用布包好,牢牢地捆在身上。哈里喜欢的小玩具,她也没有忘记放在包袱里。

丽莎唤醒熟睡的哈里,为他穿好衣服和斗篷。

"妈妈,这么晚了,我们要上哪儿去?"

妈妈走近他,极其严肃地看着他的眼睛,聪明的哈里似乎明白家里发生了什么事情,他顺从地让妈妈摆弄。

"孩子,不要说话,有坏人要抓你,妈妈带你逃得远远的……"

丽莎抱起孩子,悄悄地溜到外面。

这是一个星光闪耀的夜晚,呼呼的寒风穿过躯体,不禁让人产生一阵阵寒战。丽莎用披巾紧紧地裹住哈里,他被模糊的恐惧吓得一声不响地紧抱着母亲的脖子。

母子俩穿过幽寂的小径,很快来到汤姆叔叔的小屋前,轻轻地叩着木屋的玻璃窗。

因为黑人的聚会很晚才结束,汤姆叔叔和克洛婶婶还没有睡觉。

"是谁呀,这么晚了?"

克洛婶婶站起来,胡乱地拉开窗帘。

"是丽莎吗?发生了什么事?我马上开门。"

克洛婶婶慌忙地打开门。

汤姆叔叔也闻声走到门口,手里拿着点亮的蜡烛台。昏黄的烛光照着丽莎惊恐的脸,看上去她是那样的衰老、憔悴。

"怎么啦?丽莎。"

汤姆叔叔因丽莎的深夜来访,感到无比的惊讶。

"我要带着孩子逃亡了,老爷把他给卖了。"

"卖了?"他俩不相信地张大了嘴巴,惊讶得说不出话来。

"是的,我听到先生和夫人说的话。先生说要把哈里和汤姆叔叔卖给奴隶贩子黑利。明天一早他就要把你们两个带走。"

听到这个消息,汤姆叔叔以为在做梦。他睁大着眼睛,茫然地站着。作为谢尔比家的管家,汤姆叔叔非常了解谢尔比先生的财务收支情况。

他知道,先生最近常常为债务烦恼。如果不是没有办法,他是不会这么做的。要是牺牲自己能保全其他的人,他是心甘情愿被卖掉的,只是最难舍的还是老婆孩子。汤姆叔叔跌坐在破旧的椅子里,把头埋在膝盖上。

"先生真是狠心哪,怎么舍得把我们家老头子卖掉呢?"克洛婶婶伤心欲绝地说。

"不是先生狠心,也不是先生故意要卖掉他们。但是为了还债,他只好这么做。可怜的夫人到最后还反对,还想拿自己的金表去换他们呢,可是无济于事……"

丽莎一边说着,一边把孩子从背上放下来,紧紧地搂在怀里。

"夫人说过,一个人的灵魂比世上所有的钱财都重要,这孩子也有灵魂,所以我要带着他逃跑。尽管我这么做不对,但这是我救孩子的唯一办法呀!愿上帝保佑我们。"

丽莎爱怜地抚摸着孩子的小脸,对汤姆叔叔和克洛婶婶说明她逃亡的原因。

"跟丽莎一起逃吧,老头子。不要在这里等死。"

克洛婶婶把收拾好的包袱递给汤姆叔叔。

"我不能走。但我们应该帮助丽莎逃走,孩子还这么小,他不该有这样的命运。你刚刚听到丽莎说的话了,如果我不被卖掉的话,还会有很多人要被卖掉的,我宁愿牺牲我自己。"

"汤姆——"克洛婶婶悲痛地抱住自己的丈夫泪流满面。

"不要哭,克洛。上帝会保佑我们的。好好带着我们的孩子。不要再怨恨主人了,他会对你和孩子好的……"

汤姆叔叔将视线转移到那张粗糙的推床上,看着孩子们毛茸茸的小脑袋,他伤心地哭了。

"昨天,我还跟我的丈夫见过面,但那时还不知道会发生这样的事。他告诉我他会从他的主人那里逃出来,打算到加拿大去。请你们转告他,我也会去加拿大。如果不能活着见面的话,我会在天国等他,告诉他,他是我最爱的人……"

丽莎的眼睛,浸满晶晶亮亮的泪水,脸上的表情极为悲哀。她走上前去,跟汤姆叔叔和克洛婶婶做最后的道别。然后,带着哈里离开木屋,消失在漆黑的夜里。

逃亡的母亲

丽莎是一个温顺可爱的小女人,她有着优雅的风度、高贵的举止和令人心动的美貌。可是,是什么力量使她成为一个逃亡的母亲呢?

第二天早晨,谢尔比家传来惊慌的叫声。

"不好了,夫人,丽莎不见了。"

遵照谢尔比夫人的吩咐,去找丽莎的黑人安迪慌张地跑进大厅,气喘吁吁地说。听到这个消息,谢尔比夫人吓了一跳。

"这么说她起了疑心才跑的?"

"感谢上帝!"谢尔比夫人说,"她终于逃掉了。"

"夫人,你怎么能这么说,要是她真的跑了,那是一件很麻烦的事。黑利会以为我纵容她这么干。"谢尔比先生生气地一摔袖子冲了出去。

不久,谢尔比家上上下下都知道了丽莎逃跑的事,家里热闹得就像沸腾了的水。只有克洛婶婶一言不发,脸上布满阴云。

奴隶商人黑利来到谢尔比家,迎接他的是丽莎带着孩子逃跑的坏消息。他来不及安放好自己的帽子和马鞭,就气势汹汹地跑到谢尔比先生的房间,咆哮起来。

黑人们很快就知道了汤姆叔叔被卖掉的消息,他们一个个愁眉不展、忧心忡忡,就怕哪一天自己一不小心,也会被卖掉。

只有一个叫山姆的年轻人兴高采烈,他在心里暗暗地想,最受欢迎的汤姆叔叔走了,总得有人接替他的工作啊,我何不趁机表现表现?说不定大有可为呢!

"唉,山姆,老爷要你把比尔和杰里牵过来,我和你,还有黑利老爷一起去追丽莎。"安迪突然喊着山姆。

果然,机会来了,山姆高兴得像个孩子似的:"终于可以显身手了!等着瞧吧,我一定把丽莎追回来。"山姆充满自信地说。

"可是,山姆,夫人并不愿意丽莎被抓到啊。"

"是吗?"

"当然,丽莎是夫人最宠爱的人呢。"

山姆拍了拍脑袋,很快就明白过来了。要想出人头地取代汤姆的地位,那一定不能得罪夫人。有时候,老爷都要取悦她呢。

山姆从马厩里把比尔和杰里牵到门口,当黑利的马看到山姆时,很胆怯地往后退,并不安地拉扯着缰绳。

"啊!受惊了?这么胆小?"

山姆黝黑的脸上闪过一道恶作剧的亮光。

谢尔比家的马厩旁,有一棵绿荫如盖的山毛榉树,当风一吹,地上就铺了许多三棱形的山毛榉坚果。山姆捡了一个坚果,漫不经心地走近黑利的马,爱抚地拍拍它的背,悄悄地把坚果放在马鞍下。这样哪怕马鞍受最小的力,马也会痛得跳起来。山姆高兴地眨眨眼睛,很为自己的小聪明而得意。

这时,谢尔比夫人出现在阳台上,对山姆招手。山姆兴奋地走上前去。

"山姆,你和黑利先生去找丽莎吧!你得好好地给他带路,但杰里的脚伤还没好,得悠着点儿啊。"

谢尔比夫人最后几个字说得很轻,但山姆明白了夫人话中的含义。

"放心吧,夫人。我知道应该怎么做的。"

山姆夸张地抖抖肩,做了个滑稽的动作,夫人和安迪都忍不住笑起来。

"行了,安迪,"山姆说,"要是那位先生的马受惊了,你可不要大惊小怪啊!"

"明白了。"安迪会意地对山姆眨眼睛。

"你们别磨蹭了,快把马匹牵过来吧。"这时,黑利出现在游廊上,对着山姆和安迪吆喝道。

"是的,先生。"

山姆不敢怠慢,就去牵黑利的马。

黑利的马是匹烈马,他刚一骑上去,它就狂暴地又踢又跳,把惊恐万分的黑利从马背上摔了下来。山姆拼命地扑向缰绳,可它一个蹄子把山姆踢出老远。山姆躺在地上,哭笑不得地看着比尔和杰里跟着黑利的马飞奔而去,一转眼就消失在原始的丛林里。

山姆和安迪飞快地交换了一个愉快的眼神。

这时候,谢尔比家一片混乱。山姆和安迪大声地喊着,像疯了一样到处乱串,狗也跟着更加卖力地叫着。就连黑人的小孩也像受了什么鼓舞,一边拍着手,一边胡乱地尖叫着,热闹极了。只有黑利气得吹胡子瞪眼,一点办法也没有。

当山姆和安迪得意地把马牵回来的时候,已是中午十二点钟了。

"终于抓住它们了。"汗流浃背的山姆很骄傲地说。

"要不是你,这事根本就不会发生。"黑利气急败坏地说。

"你说什么呢,老爷?"山姆受了委屈,像泄了气的皮球一样软下来。

"好了,不要闹了。我们出发吧!"

黑利拿起帽子,就准备走。

"哎呀,老爷,你要把我们累死吗?就算我们不休息,马儿也得喂一喂呀!要不,夫人会生气的。"山姆用手抹去额上的汗水不赞成地说。

夫人在阳台上听了这话,觉得要帮一帮山姆,就走上前来,客气地挽留黑利吃了中饭再走。

黑利阴着脸,很不情愿地走进客厅。山姆却很镇定,若无其事地把马匹牵进马厩里。

母性的光辉

世界上有一种爱,她可以超越一切情感,她可以战胜一切困难,她可以创造人间奇迹,那就是世界上最伟大、最圣洁的爱——母爱。

离开汤姆叔叔的小屋后,丽莎不顾一切地赶路,荆棘挂破了她的手,挂破了她的衣服,她一点也没察觉。她的心里只有一个想法,那就是逃,逃得远远的。

她一路走,一路小声地抽泣着。离开自己生长的地方,离开给她那么多启迪、那么多智慧、那么多美好回忆的故乡,她的心里像刀割一样疼痛。

上帝,请你救救我们吧!

丽莎不停地往前走着,霜冻的土地在她的脚下发出吱吱的声音,让她疑心有什么妖魔鬼怪跟在后面。她不时向四周黑魆魆的灌木丛观望,每一片颤动的树叶和摇曳的影子,都会吓得她面无人色。

哈里紧紧搂着妈妈的脖子,温顺乖巧得就像小猫咪。只是,他非常想睡觉。

"妈妈,我可以睡觉吗?"

"可以呀,哈里,想睡多久都行。"

"那么,妈妈,我睡着的时候坏人不会来抓我吧?"

"不会的,孩子,妈妈会保护你的。"

"真的吗?妈妈。"

"是真的。"

哈里放心了,终于将小脑袋靠在妈妈的背上睡了过去。

孩子睡了,丽莎感到肩上的担子更重了。

哈里的信任给了她无穷的力量,她变得强大起来,似乎所有的艰难困苦在她的面前,都已经算不了什么。

母子俩孤单地穿过牧场、庄园、林地,黎明时节,终于来到大路上。

可是丽莎明白,他们不能走大路,这样万一有人追上来,连个隐蔽的地方都没有。

穿过一片密林,来到一条清澈的小溪旁,哈里说他饿了、渴了,丽莎便把他从背上放下来,从小包里拿出糕点来给孩子吃。孩子见她不吃东西,很奇怪也很难受,使劲地把自己的饼干塞在妈妈嘴里,丽莎的眼泪忍不住流下来。

"妈妈,你怎么哭了?"

"没什么,哈里,我们走吧,一直走到河边,或许我们就安全了。"他们又一次上路,又一次克制住自己,镇定地往前走。

早上,太阳爬上山顶,沉睡的大地苏醒过来,街上、道路上到处是人流车流。

丽莎为了避免被人觉察出她是逃亡的奴隶,所以在白天她就牵着孩子走,尽量装出自然、平静的样子。到了晚上,她就抱着孩子拼命地赶路。

走了一天一夜,越过一片辽阔的森林后,在太阳下山之前,丽莎和孩子终于到了俄亥俄河旁的一个小村落。经过长途跋涉,丽莎早已疲惫不堪。她的脚起了血泡,她的手臂像断了一样,她的饥饿的胃一阵阵痉挛,但她的内心仍然很坚强,仍然对未来充满着希望。

正值春季,俄亥俄河的水位上涨,水流加快,大块的浮冰在水中摇头晃脑地向前漂去。

丽莎明白,在这样的情况下,一定无法过河。于是,她来到岸边的小酒店,向老板探听虚实。

"老板,请问,有到对岸去的渡船吗?"

"没有,现在是涨水季节,渡船停开了。"老板看着丽莎失望的表情,接着又说,"有病人吗?你看上去很着急的样子。"

"我有个孩子很危险,"丽莎说,"今天,我们赶了很多路,希望尽早过河去。"

"那可糟了,"女老板说,她的同情心被唤起来,"不过我给你问问。所罗门——"她向后面的屋子喊道。很快一个系着皮围裙的邋遢男人出现在门口。

"什么事,老板?"

"那个人不是说今晚要把那些大桶货运到河那边去吗?"

"是的,老板。他说他要试试。"

"那好吧,跟他说说,待会儿有个人搭他的船过河去。"

"好的,老板。"

"你就在这里等他,他会在这里吃晚饭。小家伙真可爱!带他到这里休息吧。"

丽莎点点头,她憔悴的脸上露出喜悦的神采。

女老板说着打开一间小卧室的门,里面有一张舒适的床。丽莎把疲惫的孩子放在床上,她就坐在他的身旁,凝视着他带着泪痕的脸。但是,她自己毫无睡意,一想到会有人来抓他们母子俩,她的心里就像火一样燃烧。

一阵骚乱过后,谢尔比家恢复了平静。夫人当着黑利的面让厨娘们准备午饭。可是因为某些众所周知的原因,午饭迟迟没有做好。

厨房里少有的忙乱,不是打翻了刚刚做好的肉汤,就是碰翻了刚刚灌满水的水罐,要不就是找不到烤面包的黄油。她们嘻嘻哈哈,把厨房当作了练兵场。谁都知道,她们是在故意拖延时间,好让丽莎逃得更远,以免让黑利抓到。

午饭迟迟未上桌,急得黑利团团转。

"活该!"克洛婶婶气愤地说。

当他们再一次牵着马出发时,已经是下午两点多了。

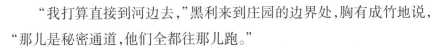

"我打算直接到河边去,"黑利来到庄园的边界处,胸有成竹地说,"那儿是秘密通道,他们全都往那儿跑。"

"可去河边的路有两条,一条是大路,一条是小道,我们走哪一条呢?不过,我想丽莎肯定不敢走大路。"山姆摇头晃脑地说。

"我才不会受你们的骗呢!"尽管黑利阴险狡诈,但还是拿不定主意走哪一条路好。

"当然啦,老爷,"安迪说,"我们会按照你的意思办。你要我们走哪一条路都行,要是你觉得大路好走,那就走大路吧。"

"女人胆小,肯定会走一条人迹稀少的路。"黑利自言自语地说。

"走大路吧,大路好走,女人的思维方式不一样,或许,与你想的刚好相反。"山姆讨好地建议道。

可是,黑利坚持要走小路。

通往俄亥俄河的小路,自从新修的大马路开通后,就很少有人走了。它不仅荆棘遍布,杂草丛生,特别是下过雨以后,更是泥泞不堪,十分难走。山姆一开始就知道小路不易通行,而黑利又不会相信他的话,所以故意建议黑利选择大路走。

"你看,我不是早就说过大路好走吗?老爷,你怎么就不听我的呢!"山姆假装糊涂地说。

"好小子,"黑利咬牙切齿地说,"你原来早就知道的。"

狡猾的黑利知道争吵也无济于事。于是三个人回到原处,去走大马路。来来回回又耽误了不少时间。

等他们到达酒店的时候,孩子已经睡了将近一个小时了。

此刻,丽莎正站在窗前沉思,最先发现她的是山姆。在这紧要关头,山姆故意抛掉帽子,然后大喊大叫的让丽莎听见。

丽莎听见这个耳熟的声音,急忙抱起孩子逃跑。当她逃到河边时,黑利发现了她。

"山姆,安迪,快抓住她!快抓住她!"黑利跳下马,大声地喊叫道。

丽莎回过头去,发现他们三个人追了上来,前有浊浪翻滚的河水,后有凶神恶煞般的追兵,她已经被逼到了绝境。只见她抱着孩子,狂呼一声,飞身跳上急流中的冰块。

"啊——"岸边的人一声惊呼,本能地闭上眼睛。

巨大的冰块在她的重压下吱吱作响,前后颠簸起来,她一刻也没有停留,狂呼着以拼死的力气,从这一块跳到那一块,跌倒、爬起,再跌倒、再爬起!她的鞋子掉了,袜子划破了,鲜血滴在白晃晃的冰面上。然而,她什么也看不见,什么也感觉不到,恍惚如梦中她看到了俄亥俄河的河岸,一个男人拉住她的手,让她爬上岸去。

"真是个勇敢的姑娘。不管你是什么人,我都要这样说。"

"啊,是你,西姆斯先生!救救我,一定要救救我。"丽莎跪在那个男人的脚下。

"怎么回事?"那人说,"你不是谢尔比先生家的姑娘吗?"

"是的,先生。可是他们把我的孩子卖了!你看,买主就在那儿。"她指着河对岸的黑利说。

"不管怎样,姑娘,我欣赏你的勇气。到前面的白房子里去吧,他们一定会救你的。他们从事的就是这种工作。"

"谢谢你,西姆斯先生。你不会告诉别人的,是吗?"

"姑娘,你把我看扁了。只要我能够,我就会为你争取自由而尽力。"

"再一次谢谢你,先生。"丽莎对那个人深深地鞠了一躬,然后抱着孩子,很快就走掉了。

那个人望着她的背影,直到她消失在沉沉的暮色里。

"愿上帝保佑你,好姑娘!"

站在河边的黑利,梦幻般地看着丽莎越过俄亥俄河,他仿佛被人施了魔法似的,呆在那里。丽莎终于逃掉了。黑利沮丧地回到酒店,独自坐在椅子上,心里盘算着怎样才能抓到丽莎。突然间,他听到一个熟悉的名字。

"欢迎光临,汤姆·洛卡,好久不见了。"酒店的老板说。

这是一个壮实的男人,他身材高大魁梧,浑身似乎有使不完的劲儿。他穿着一件水牛皮的翻毛皮衣,戴一顶水牛皮的帽子。看上去既粗野又凶悍。他的身旁还跟着一个像魔鬼似的小男人。

"洛卡,是你吗?"黑利欣喜地上前去打招呼。

"嗨!黑利,你怎么在这里?"

洛卡与黑利热烈地握手、拥抱,那样子仿佛五百年没见过似的。可想而知,他们的关系非同一般。

"黑利,这是我的朋友马克斯。"洛卡拍着黑利的肩膀说。

"很高兴认识你!"马克斯向黑利伸出手去,两双罪恶的手紧紧地握在一起。

黑利将丽莎逃跑的情况,全部告诉了这两个凶神恶煞的男子。那男子当即表示,抓回丽莎跟黑利交易。

山姆和安迪跟黑利分手后,回到谢尔比家,他们既兴奋又疲惫。

"山姆,情况怎么样了?"

谢尔比夫人一听到山姆的声音,就急忙走出寝室。

"黑利先生很累了,在酒店休息,夫人。"

"那丽莎呢?"谢尔比夫人焦急地问。

"她逃掉了,夫人。她现在已经过了俄亥俄河,被一个男人救走了。"

"快说说,是怎么回事?"谢尔比先生从后面走出来关心地问。

"真是奇迹,丽莎抱着孩子越过浮满冰块的冰河,她竟然过河了。然后一个男人救了她。"

"山姆,跳着浮冰过河,这真有点让人不敢相信。"谢尔比先生说。

"这是我亲眼看见的,先生。"

山姆眉飞色舞地谈论着丽莎的逃亡经过。

"感谢上帝,这孩子还没有死!"

知道丽莎没有被黑利抓住,谢尔比夫人心里的一块石头终于落了地。

不公正的法律

法律是无情的,但人不一样,正因为如此,丽莎和哈里才得以脱离虎口,演绎了一曲动人的爱之歌……

这是一间舒适的客厅,壁炉里的火焰发出噼啪的欢笑。亮闪闪的茶壶里,正飘出诱人的咖啡的香味。参议员巴德先生刚刚从屯长的会议中解脱出来,他脱掉靴子,把脚伸进太太给他新做的漂亮的拖鞋里。

"唉,还是家里舒服啊!"他坐进宽大的皮椅里,心满意足地看着在客厅里欢闹的孩子们。

巴德太太正在准备茶点,她不时大声地对他们呵斥几句,但孩子们是越发的顽皮,她只好叹息一声,由他们去算了。

"真是累死我了,太太,我的头痛得厉害。"

"今天开会谈些什么问题呀?"巴德太太把滚烫的咖啡放在巴德先生的面前,不经意地问。

巴德太太是一个身材修长、容貌姣好的小妇人,她有一头金色的长发,一张白皙的脸庞和小巧挺直的鼻梁,是那种典型的、魅力十足的西方美女。

她性格温和,通情达理,平日从不过问政治,所以当她问起开会的内容时,巴德先生惊讶地睁大了眼睛。但他很快镇定下来,轻描淡写地说:"没有什么大不了的事。"

"是吗?不过我听他们说,你们刚刚通过了一项法律,禁止给逃亡的奴隶提供任何援助。我真不明白,议会里的议员们都是基督徒,怎么会这样做呢?"

"哎呀,太太,你什么时候成了政治家了!"巴德先生打趣道。

"别瞎扯,谁愿意管你们的政治,只是我想,不给奴隶食物、饮料、衣服,不给他们提供援助,这不符合一个基督徒的宗旨。这样的法律不会通过吧?"

"很遗憾,太太,都通过了。因为从肯塔基州逃过来的奴隶都可以获得自由,我们这边已经人满为患了。"

"那么,这项法律有哪些规定呢?给那些可怜的人一张床、一点食物或一些衣服,然后让他们逃走,这难道也不行吗?"巴德太太激愤地说。

"不行,太太,这样做等于是窝藏罪犯。"巴德先生坚决地说。

巴德太太听了这话,气得满脸通红。她站起来,快步走到丈夫身边,激动地说:"你认为这样的法律合理吗?你不会赞成吧?"

"我有什么办法呢,我不得不赞成哪!"巴德先生无可奈何地说。

"如果是这样,先生,我倒真想看看,你怎样地去抓他们!"

"好了,好了,别争了,我非常能理解你的心情,但这是个政治问题,太太。"

"我才不管那些呢!我只知道《圣经》上说,饥饿的人,要给他们食物;在外受冻的人,要给他们衣服;不幸的人,要给他们安慰……我一定会这么做的!一定会!"

面对妻子的严厉反驳,巴德先生无言以对。

"如果那些奴隶的主人对他们好一点,把他们当人看待,他们也不会逃走……"巴德太太仍然喋喋不休。

正在这时候,黑人总管卡德乔在门口探进头来。

"太太,请你到厨房来一下。"

巴德太太走了出去。巴德先生看着她娇小玲珑的背影,无声地笑了。稍微松了一口气后,他开始看报纸。但是不久,从厨房里传来太太急切的声音:"亲爱的,你快来一下!"

巴德先生快步走到厨房里,眼前的情景,着实把他吓了一跳。

在两张平放的椅子上,躺着一个年轻的女人。她的衣服破烂得不成样子,她的全身沾满血迹,她的鞋没了,她的袜子丢了,她的脚划破了,正不断地往外流血。整个人奄奄一息,昏迷不醒。巴德先生的心一阵战栗,沉默地站在那里。

巴德太太和黑奴黛娜姊姊手忙脚乱地给她又是擦脸,又是递热水袋。

"肯定是在外面冻坏了,所以一遇到热气,就昏过去了。她刚刚进来的时候还好好的。""可怜的女人。"巴德太太同情地说,她的声音出奇的温柔。女人慢慢地睁开她美丽的黑眼睛,茫然地凝视着她。突然,一阵痛苦的痉挛越过她苍白的脸,她像弹子一样弹起来。"孩子,我的孩子!被他们抓走了吗?"丽莎惊慌地四处张望。

孩子听到妈妈的声音,很快地从卡德乔的膝上跳下,跑到她的身边,伸出胳膊搂着她的脖子。

"啊,哈里,我的宝贝,你还在……"丽莎喜极而泣。

"求求你,太太,"丽莎发狂似的对巴德太太说,"救救我们,不要让他们把我的孩子抓走!"

"放心吧,在这儿没有人会抓你。"巴德太太安慰她说。

"是的,你在这里绝对安全,你放心吧。"巴德先生强调地说。

"上帝保佑你,好心的太太。"丽莎说着哭了起来。哭声撕心裂肺,悲痛不已。孩子看到她哭了,直往她的怀里钻。

巴德太太说了许多安慰的话,她才平静下来。在火炉边的扶手椅上,黛娜给她铺了张临时的床,疲惫的母子俩很快就睡着了。但即使是睡着的时候,她的胳膊仍紧紧地搂着她的孩子。

巴德夫妇回到客厅,谁也不愿意继续刚才的谈话。巴德太太忙着织毛衣,巴德先生在故作镇静地看报纸。

"那个女人到底是谁?是干什么的?"巴德先生按捺不住地问。

"等她醒来了,不就清楚了吗?"

"啊,亲爱的……"巴德先生欲言又止。

"有什么事你就说吧,别吞吞吐吐的。"巴德太太看着自己的丈夫温柔地说。

"你的衣服能不能给她穿?只要放大一点就可以了,她好像比你高一点。"

听到巴德先生这么说,太太的脸上露出了欣慰的笑容。"我找找看。"她放下毛衣,轻快地走到衣橱前。

"应该给她找一些保暖的衣服,像旧外套什么的。"巴德先生补充说。

"知道了。"

这时候黛娜探进头来说,那个女人醒了,要见太太。

巴德先生和太太走进厨房。

这时,丽莎已经醒来了,她平静地坐在椅子上,和刚才的狂乱完全不同。但是,她的眼睛里写满忧郁。

"你从哪里来的?可怜的孩子。"巴德太太温和地说。

回答她的是一阵长长的、颤抖的叹息。她抬起黑眼睛,带着无限的凄凉看着她。巴德太太的眼睛里立刻盈满泪水。

"我从肯塔基州来的。"

"什么时候来的。"

"今天晚上。"

"你怎么来的。"

"我从冰上过来的。"

"从冰上过来的!"所有的人都嘘了一口气。

"是的。"女人缓缓地说,"我是从冰上来的,上帝保佑了我,他们在追我,我没有办法,就跳到冰上去了。"

"你是奴隶吗?"巴德先生问。

"是的。"

"他们对你不好吗?"巴德太太问。

"不,我的主人是一个很好的人。尤其是夫人一直对我很好。"

"那么,你为什么要逃出来呢?"

"我曾经失去过两个孩子,他们都接连离我而去了。现在我就剩下这一个孩子,他是我的心肝宝贝,自打生下来就从未离开过我的身边。可是先生欠了别人很大一笔债,他们就把我的孩子卖掉了,所以我才带着他逃跑……"

丽莎紧紧地搂着孩子,不断地吻着孩子的面颊。站在一旁的巴德夫妇深深地感动了。

"孩子的父亲在哪里?"巴德先生说。

"他住在另外一个主人家里,他的主人对他非常刻薄,很少让我们见面。还逼他跟家里的女仆结婚,不然,就把他卖到南方去。所以,他准备逃到加拿大去,恐怕我再也见不到他了。"

"那你打算到哪里去呢?"巴德太太问。

"到加拿大去,或许我还能见到他。加拿大离这儿远吗?"女人急切地问。

"比你想象的还要远,可怜的孩子!"巴德太太说,"不过,我们会尽量为你想办法,你不必担心了。早点睡吧,愿上帝保佑你!"

巴德夫妇心情沉重地回到卧室。巴德先生不安地在房间里走来走去。

"唉,这下可麻烦了。"巴德先生说,"不行,他们今晚得离开这儿。明天一定会有人追过来的,要是被抓到了,事情就不好办了。"

"这么晚了,你让他们上哪儿去?"巴德太太不悦地说。

"有了,太太。"巴德先生说,"我有个老客户,叫范·特隆普,他从肯塔基搬来,把所有的奴隶都解放了。他在森林里买了很大一块土地,让自己的奴隶在那里自由地生活,那里应该很安全。"

"只能这样了。"巴德太太不再反对。

"我们赶快行动吧,我去准备马车,你给孩子找一些小衣服吧。"

巴德太太匆匆地把收拾好的衣服打成一个小包裹,让丈夫带到马车上去,自己叫醒那女人。

不久,丽莎就穿着巴德太太的旧外套、帽子和披肩,怀里抱着孩子,出现在门口。

巴德太太紧紧地握着丽莎的手,丽莎以充满感激的眼神,凝视着巴德太太。她的嘴唇颤动着,想说一句感谢的话,可是,她一句话也说不出来。

马车出发了。巴德太太独自守在门口,望着逐渐走远的马车,依依不舍地挥手告别。

当马车越过小溪,抵达一个农庄时,已是午夜时分了。

农庄的主人已经熟睡。巴德先生费了很大劲儿,才把他叫醒。他是一个身材高大魁梧、壮硕的男人,手里拿着蜡烛出现在门口。

"你肯帮助被人追赶的奴隶吗?范·特隆普先生。"

"当然,我很乐意。进来吧!"

范·特隆普先生爽快地答应以后,就带着丽莎和哈里进入屋里。

肯塔基一个小旅店的墙上,贴着一张悬赏通告,它的内容大体如下:

本人逃失二分之一血统混血男奴一名,名叫乔治,身高六英尺,头发鬈曲,肤色极浅,善于辞令,能写会读,手臂上有H型的烙印。如有生擒或杀死者,一律奖赏美金四百元。

在壁炉旁边高谈阔论的男人,飞快地瞄了一眼通告,不慌不忙地朝它吐了一大口烟汁。

"先生,你怎么这样呢?"旅店老板惊愕地说。

"那又怎么样?就是写通告的人在这里,我也是这个态度,我照样对他吐口水!"那个男人回答。

"唉,这个青年很不错呢,他曾在我的工厂工作六年,又勤快、又聪明,还发明了洗麻绳的机器,现在有五六家工厂在使用这种机器。"

"真可恶,奴隶发明了机器,主人赚了钱不说,竟然还在奴隶身上烙印。应该在他身上烙印才对!"那个男人咬牙切齿地说。

"可聪明的奴隶总是傲得很,所以才会挨打、挨烙,要是他们守本分,就不会有事。我也曾有这样两个奴隶,我干脆把他们卖到南方去了。"

"是吗?你最好把订单交给上帝,让他给你定做一批黑奴,统统不要灵魂。"另外一个男人反唇相讥地说。

这时候,有一辆小马车到达旅馆门口。

马车上坐着一位风度翩翩的绅士,还带着一个驾驶马车的黑奴。

当他下车时,所有的人都好奇地打量着他。

神秘的旅客

自由在他的眼里,有如阳光、雨露、空气和水,有了它,生命才得以延续……

新来的旅客有一种与众不同的魅力。他的富于表情的黑眼睛和短短的鬈发,给人一种洒脱、干练的印象;他那匀称的四肢给人一种说不出的美感。他从容地走进旅店,人们的眼睛便为之一亮。

"要一间上等的客房。"他走到柜台前,派头十足地对老板说。然后,很绅士地在登记册上写着:"奥克兰.亨利·巴特拉。"

绅士随便看了一眼墙上的公告,然后对他的仆人吉姆说:

"这个男人,我们好像在巴南见过。"

"是的,见过,但我没有看到他手上的烙印。"

"哦,对。"

站在柜台边的工厂主威尔逊,自打这位绅士进了屋,就在记忆深处仔细搜寻。他觉得这个人在哪里见过,他的动作和微笑是那样的熟悉,可就是想不起来。绅士已经觉察出了威尔逊的疑惑,于是,快步走到他的身边说:

"对不起,我没有注意到你。我是奥克兰的亨利·巴特拉。"

"哦,是的——是的,先生。"威尔逊先生就像做梦一般。

正在这时,黑奴吉姆走到绅士的面前说:

"先生,房间已经准备好了。"

"如果你不嫌弃的话,请到我的房间里来一下,我们谈谈吧。"绅士

客气地说。

威尔逊先生做梦一般,跟在他的后面,来到楼上一个大房间里。绅士锁上门,转身面对威尔逊。

"是你,乔治。"

威尔逊终于认出他就是逃跑的奴隶乔治,因此声音里充满惊骇。

"是的,我就是乔治。"乔治一边说着,一边脱下外衣。

"我真没想到是你。"

"我的乔装很成功吧?"乔治得意地说。

"可是,乔治,这样太危险了,我真替你担心。如果被抓到,你会比以前更苦。"

"放心吧,我自己做事自己负责。"乔治一点也不在乎地说。

"不,乔治,你不能这样做,那太可怕了。你从主人那里逃出来,已经违反了国家的法律。"

"国家?威尔逊先生,您有国家,但是对于一个奴隶来说,哪里有国家?您谈到法律,可法律为奴隶做了些什么?法律只会压迫我们,欺凌我们而已。"乔治一针见血地说。

"乔治,这样不好,这种思想对你的危害太大了。作为一个朋友我不得不这样劝你。"

"威尔逊先生,请您看一看我,我与别人有什么不一样吗?别人有的我都有。我身体健康,我头脑发达,我有力气,我有能力,可是为什么就不能跟别人一样生活呢?我父亲,也曾是个有名望的绅士,但就因为我母亲是黑奴,我父亲一死,我们七个孩子就像狗一样地被卖掉。七个孩子被迫卖给七个不同的主人。我的母亲很想留一个孩子在身边,她跪在我的主人面前,求他买我时连她一起买下,好让她身边有一个孩子,主人却把我的母亲一脚踢开,这是我亲眼看到的。当他把我捆在马脖子上带回庄园时,我最后听到的就是母亲的哭叫声。"

伤心的往事,激起乔治无比的悲愤,他继续说:"那哭叫声,我一辈子也忘不了。"

"那后来呢？"

"后来我的主人从另一个人手里买下了我的姐姐。她是一个善良的姑娘，像我可怜的妈妈一样漂亮。起初我很高兴有一个亲人在身边，可是我很快就后悔了。我时常听到姐姐被鞭打的声音，而每一鞭都好像打在我的心坎上。可是我没有办法救她。最后我的姐姐被卖到奥尔良，从此再没有任何音信了。"

"离开了父母和姐姐，我再没有其他的任何亲人了。没有一个人关心我，没有一个人爱护我，我像狗一样，挨打、挨骂、挨饿。有时候，甚至连狗都不如。就在这种无依无靠的情况下，我长大成人。"

"在小的时候，我整夜整夜地睡不着，哭的时候，却不是因为挨饿，也不是因为挨打，而是为我的妈妈和姐姐们哭。在这个世界上，没有一个人对我好，我到您的工厂工作之前，从来没有人对我说过一句好话。威尔逊先生，只有您对我最亲切，是您教我读书写字，要我做一个有出息的人。您不知道我有多感激！后来，我遇到了丽莎，她一直深爱着我，愿意嫁给我。我真不敢相信自己会变得那么幸福。"

乔治的脸上出现一种异样的神采。

"可是后来又怎么样呢？我的主人把我的工作和我爱的人，从我身边夺走，还要我跟他的女奴结婚。难道这就是你们的法律吗？"

"现在，我要离开这里，去加拿大。哪里的法律承认我，保护我，哪里就是我的国家，我愿意遵守他们的法律。没有人能阻止我，为了自由，我会奋斗到最后一口气。"

"好吧，孩子，你走吧，但千万要小心！答应我，无论发生什么事，你都不能开枪杀人，也不要伤到任何无辜。现在丽莎在哪里呢？"

"听说带着哈里逃走了，但我不知道逃到哪儿去了。今生今世，我可能再也见不到她了。"

"真想不到，她怎么会离开那么好的家庭呢？"

"再好的家庭，也会欠债呀！为了还债，他们不惜把孩子从丽莎的怀里抢走。这就是你们的法律啊。"

"唉,原来如此。"

威尔逊在口袋里摸索一阵后,从钱包里拿出一叠钞票递给乔治。

"不,不,威尔逊先生,您已经对我太好了,我不想再麻烦您,我的钱已经够了。"

"拿着吧,孩子,身上有钱总会方便一点,你一定要拿着。"

"那么,先生,您一定要答应我,有一天让我把钱还给您。"

"好吧,孩子。我不希望你太冒险了。这个黑人,他是谁?"

"一个可靠的人,一年前逃到了加拿大。主人一生气就打他的母亲,他想找个机会把她母亲弄走。"

"乔治,这样做太危险了,你一定要保重啊!"

乔治挺直了身子,慎重地点点头。

"乔治,看来你跟过去大不一样了,言谈举止好像变了一个人。"

威尔逊先生把乔治从头到脚仔细地打量一番,欣慰地说。

"因为现在我是个自由的人了,我不再是白人的奴隶。"

"小心一点儿,他们有可能会抓到你。"

"真到了那一步也没什么,人死后总是平等自由的了,威尔逊先生。"

"你手上的烙印呢,不会被人发现吧?"

"这是哈里斯先生对我的临别纪念,都已经结疤了。"乔治脱下手套,让他看手上新愈合的伤口。

"明天一早,我就会离开这里,如果您听到消息我被抓了,那您就知道我已经不在人世了。其实,在这个世界上,我没有任何牵挂,唯一放不下的是我那可怜的妻子。威尔逊先生,这枚别针,是她送给我的圣诞礼物,我一直都带在身上。请您想法交给她,告诉她,我到死都爱着她。好吗?"

"好,我的孩子!"威尔逊接过别针,两眼盈满泪水。

"如果可能让她也到加拿大去,别再回到主人家里去了。做奴隶差不多永远是悲惨的。"

"愿上帝保佑你,乔治。希望我们还能再见面。"

"我没有看到一个让人相信的上帝,我也没有看到上帝怎么保佑我,我的生活依然充满苦难。我不知道我还应不应该相信上帝。"

"别这么说,孩子。善恶终有报,不是不报,只是时候未到。"

"谢谢您的这番话,我会永远记着它的。"

上 路

他久久地凝视着这一片熟悉的土地,这一片曾留下他的痛苦、留下他的欢欣的土地——泪如泉涌。或许,这一走就是永别……

从汤姆叔叔的小屋里,可以看到灰蒙蒙的天空正飘着绵绵的细雨,剪不断、理还乱,就像汤姆叔叔和克洛婶婶的心事。

在火炉旁的小桌上,克洛婶婶正给汤姆叔叔熨衣服,每一道褶皱,每一道贴边,她都仔细地熨过很多遍了,生怕有什么遗漏。她的神情悲伤,泪水顺着面颊滚滚而下。

汤姆叔叔坐在一旁,膝上是摊开的《圣经》和《新约全书》,他们两人谁也没有说话,可平安下伏着纷扰,他们的内心正经历着怎样强烈的风暴啊!

汤姆叔叔是一个恋家的男人,对家庭充满着无比的眷念。他默默地走到熟睡的孩子们身边,用粗糙的大手,抚摩着孩子们毛茸茸的小脑袋。

"这是最后一次了。"他说。

克洛婶婶没有说话,悲痛地望着黎明前的天空。那里,黑色的云朵正像一匹狂奔的野马向西飞逝。天很快就要亮了,汤姆叔叔很快就要上路了。而这一去天涯海角,还不知是死是活。她绝望地放下熨斗,坐在桌旁放声大哭起来。

"别哭了,克洛。好在卖到南方去的是我,而不是你和孩子们,我感到欣慰的是,起码你们是安全的。上帝会帮助我们的!"

"可是,上帝有时候好像睡着了,他听任可怕的事情发生,而不采取一点措施。"

"别这么说,克洛。我们要知道感恩。"

"感恩?"克洛婶婶说,"我看不出有什么可感恩的!你给他们做牛做马这么多年,早就挣回你的身价钱了,你早该自由了。就算他身不由己,也不能让别人骨肉分离呀!让别人骨肉分离的人,是会遭到报应的。"

"克洛!这是我们最后一次在一起了,如果你爱我,你就不要说这些话!我不愿意听到你说老爷一个字的坏话。"

"汤姆,你太善良了。"克洛婶婶说。

一会儿,孩子们醒了。

香喷喷的早餐端了上来,汤姆叔叔和孩子们围坐在一起,享受最后的早餐。孩子们还小,还不懂得生离死别的滋味,看到美味的食品,全都狼吞虎咽地吃起来。汤姆叔叔心痛地看着孩子们,不禁潸然泪下。

当克洛婶婶为汤姆叔叔整理行装的时候,忽然听到孩子们喊着:"夫人来了!夫人来了!"

"她来又有什么用?"克洛婶婶没好气地说。

谢尔比夫人走了进来,克洛婶婶板着脸给她搬了一把椅子,但夫人没有注意她的冷淡。

"汤姆,"她开口说,"我是来——"她突然停下来,看着这无言的一家人,掩着脸哭了起来。

克洛婶婶慌了,连忙说:"夫人,别哭,别哭啊!"可她却跟着一块儿大哭起来。真诚的泪水,冲刷了对压迫者的仇恨和怒火。

"汤姆,我的朋友,"谢尔比夫人说,"我现在说什么都没有用。但我要在上帝面前庄严地宣誓,我一定要追踪你的下落,一旦我们有了足够的钱,就把你赎回来。"谢尔比夫人深切地感到对不起汤姆一家。

这时,奴隶贩子黑利冷冷地来到小屋门口,他粗野地踢开门,气呼

呼地说:"走吧,黑鬼。"

因为昨天没有抓到丽莎,他的火气特别大。

汤姆叔叔扛着沉重的箱子,顺从地跟着新主人走到门外。

"快点儿,上车。"

黑利把汤姆叔叔推上车,又拿出沉重的脚镣,把汤姆叔叔的两脚铐起来。所有在场的人都感到十分愤怒。

谢尔比夫人对黑利的做法非常生气,她走上前去对黑利说:"你这么做,一点必要都没有,汤姆不会跑掉的。"

"这些黑奴可说不准,夫人。"黑利傲慢地说。

"我很难过,"汤姆说,"乔治少爷不在家,代我向他转达我的问候吧!夫人。"

"好吧,汤姆。"夫人哽咽地说。

黑利坐上马车,用马鞭重重地抽打马匹,于是,马车慢慢地向前走去,留下伤心欲绝的克洛婶婶和一群年幼无知的孩子。

汤姆久久地凝视着这一片熟悉的土地,这一片曾留下了他的痛苦、留下了他的欢欣的土地,或许这一走就是永别。最难舍的是那相濡以沫的爱人、幼小无知的孩子,还有那些同样处于水深火热的同胞们。但最最遗憾的是,没有跟小主人做最后的告别。

马车驶过灰尘仆仆的土路,熟悉的景物一闪而过,谢尔比庄园被远远地抛在后面。不久,他们来到了一条宽阔的大马路上。

黑利突然在一个铁匠铺门口停下来,他拿出一副手铐走进铺子:"这个手铐太小了,改大一点吧。"

铁匠好奇地望着马车上的人,疑惑地说:"那不是谢尔比家的汤姆叔叔吗?该不会是谢尔比先生把他卖了吧?"

"卖了。"黑利恶狠狠地说。

"啊呀,根本就没有想到。不过汤姆叔叔不用手铐的,他决不会逃走。"铁匠一边敲打着手铐一边说。

"只有天晓得!黑人一天到晚就打算着逃跑。"

就在这时候,远处传来"嘚嘚"的马蹄声,乔治少爷策马奔来。还没等黑利明白过来,乔治已经跳上马车,搂住了汤姆叔叔的脖子,边哭边数落:"真是卑鄙,他把你给卖了。我要是个大人,我决不这么干!"

"乔治少爷,你为了我赶到这里来,我真高兴!如果见不到你就走,我会终生遗憾的。"

汤姆叔叔抚摸着小乔治的头,伤心地说。这时,汤姆叔叔的脚无意中动了一下,乔治发现了他的脚镣。

"真不要脸!"乔治少爷大声地说,"我要把他打翻在地,看他给你带脚镣!"

"少爷,别这么做,万一把他惹火了,一点好处也没有。"

"好,为了你,我饶了他。"乔治立刻把背转向铁匠的门口,神秘兮兮地对汤姆叔叔说,"我把我的银圆给你带来了!"

"啊,少爷,我不能要啊!"

"你一定得收下,看到它就像看到我一样。我跟克洛婶婶说,要把我的银圆送给你,她让我在上面打了个孔,穿上一根绳子你就可以挂在脖子上不让人看见。别让那家伙看见了,不然,他会拿走的。我真想把这个坏蛋臭骂一顿。"

"算了吧,少爷,别跟他一般见识。"

"好吧,为了你我就算了。"乔治一边说着一边把银圆慌忙地挂在汤姆叔叔的脖子上,然后郑重其事地说:"好好地保存它,每次看到它你都要记住,我一定会把你赎回来。"

"乔治少爷,我等着你!但你一定要做个好孩子,多少人的心都放在你身上。"

"我会的,汤姆叔叔。你千万别灰心,一定要保重啊!"乔治充满感情地说。

分别在即,汤姆叔叔恋恋不舍地看着乔治,仿佛要把他的影像永远地刻在心坎上。

这时,黑利手里拿着手铐走了过来。一看到乔治,嘴边就浮现出

一抹轻蔑的笑。

"怎么？乔治,你来送你的汤姆叔叔?"

"黑利,你真卑鄙,你怎么可以这样对待汤姆叔叔?"

"卑鄙?你的老子不是也一样吗?"

"等我长大了,永远也不会买卖奴隶,今天我为肯塔基人感到羞耻!"乔治说。

黑利不怀好意地笑着。

"好吧,汤姆叔叔,再见了。你一定要坚强一些!"

"再见了,少爷,愿上帝保佑你!"

少爷走了,汤姆叔叔久久地望着,直到马蹄的嘚嘚声和家园最后的影像完全消失。他的心里不再像走时那样空虚,那带着少爷体温的银圆,似乎是他的温暖和希望所在,他伸出手,把它紧紧地捂在心口。

重逢的喜悦

她躺在床上,仿佛飘荡在波涛汹涌的大海上,温柔的海浪拍打着她,洁白的海鸥簇拥着她,一切显得那样的轻盈而美好。她以为是在做梦,可这却是不容置疑的真实。

特隆普先生收留丽莎和哈里以后,尽快给他们母子俩找了个安全的地方——那就是教会新村——哈里迪的家。那是当地一个很有名望的家族。

此刻,丽莎正坐在宽大的摇椅里做针线活,她那可爱的儿子哈里正在旁边玩耍。他的额上沁着细密的汗珠,脸上红扑扑的,像一只热带蝴蝶一样跑来跑去。丽莎深情地看着孩子,眼里充满浩劫后的坚韧和果断。不幸使她成熟起来了。

"孩子,你还是想去加拿大吗?"白发如霜的老夫人雷切尔·哈里迪一边从容地挑着桃干,一边问道。

"是的,夫人。"丽莎坚定地说,"无论如何我一定要去,不管前面的路有多难走。"

"可是你到了那边能干什么呢?你得考虑好,丽莎。"

雷切尔是世界上最好的母亲,孩子们数不清的头痛脑热和心灵的创伤,到她那里是最好的医治。

一想到前路茫茫,丽莎就忍不住流下热泪,但她依然坚决地说:"我什么苦都能吃,什么活都能干,所以,我不怕。"

"孩子,你可以把这儿当作你的家,愿住多久就住多久。"雷切

尔说。

"谢谢你,夫人。"丽莎说,"我晚上老是做噩梦,梦见这孩子被人抢走了,一天不到安全的地方,我就一天不安稳。"

"可是孩子,我们这里没有一个逃奴被抓走过,愿上帝保佑你!"

一想到奴隶贩子黑利穷追不舍的马蹄声,丽莎就心有余悸。

这时,雷切尔的丈夫回来了。

他走到丽莎身边问:"你姓哈里斯吗?"

"是的,老爷。"丽莎颤声地回答,恐惧感立刻像洪水一样向她袭来,她几乎瘫倒在地。雷切尔飞快地看了丈夫一眼,那意思好像在问:是不是有人要捉拿丽莎和哈里?

"他娘,你出来一下。"哈里迪把雷切尔叫了出来。

"出了什么事?你这样神秘兮兮的。"雷切尔担心地问。

"今天晚上,这孩子的丈夫会到家里来。"

"真的?这可是好消息。赶快告诉丽莎。"雷切尔忙不迭地回到屋子里,打开卧室的门,温柔地对丽莎说:"孩子,你进来,我有消息告诉你。"

丽莎的血立刻往上涌,她的脸色由通红一会儿变得惨白。她站起身不安地看了儿子一眼。

善解人意的雷切尔似乎觉察到了丽莎的忧郁,她急忙地说:"丽莎,别担心,是好消息。你的丈夫已经从他的主人家里逃出来了,我们的朋友彼得,今晚就会把他带到这儿来。"

"今晚?今晚!"丽莎好像做梦一般,突如其来的幸福使她昏了过去。

醒来时,她发现自己已经躺在床上,身上盖着毯子,善良的雷切尔夫人正在床前陪着她。她睁开眼睛感到一种从未有过的倦怠,仿佛就像飘荡在波涛汹涌的海上,温柔的海水拍打着她,是那样的轻快,又是那样的飘逸,一转眼她又睡着了。

在梦里,她梦见一个美丽的国度,那里阳光灿烂,风景宜人,海水闪着粼粼的金光。那是一片宁静的乐土,那是一片幸福的海洋,在那美丽如天堂一般的房子里,孩子们在尽情地玩耍。他们就像怒放的花儿一样自由自在地生长。就在这时候,她听到了丈夫的脚步声,一步一步就像催春的战鼓,强烈地敲打着她的心。她忽然醒来了!她睁开眼睛,立刻看到了她心爱的丈夫乔治轮廓分明的面孔。啊,这一切不是梦!乔治和丽莎紧紧地拥抱在一起,这世界不存在了,唯有两颗苦难的心那样紧紧地贴在一起。

第二天早晨,哈里迪一家非常热闹,全家大小欢聚一堂。雷切尔夫人愉快地指挥大家做早餐。当英俊潇洒的乔治和美丽温柔的丽莎出现在饭厅时,所有的人都报以热烈的掌声。

乔治第一次跟白人一起用餐,他多少有些拘束。但很快就被这家人的气氛所感染,他的心里涌起一阵温柔的潮汐,这才是家啊!整个早餐时间,他的身心被一种奇异的感觉笼罩着,他第一次深深地理解了家的真正含义。

"为了我们的事,让你们受累了,我真有些过意不去。"乔治发自内心地对哈里迪先生说。

"千万别这么说,乔治,人与人之间本来就应该互相帮助。"哈里迪先生诚恳地说。

"爸爸,你要是又被人发现怎么办?"哈里迪的小儿子一边往面包上抹黄油一边说。

"那就交罚款啊!"哈里迪先生平静地说。

"那要是让你坐牢呢?"

"你妈妈还管不好这个农场吗?"哈里迪先生微笑着说。

"可是这样的法律不是太可耻了吗?"男孩严肃地说。

"小哈里迪,你不应该这么说话。"哈里迪先生责怪地说。

乔治站起来,走到哈里迪先生的身边,忧心忡忡地说:"我希望,好心的先生,我们没有给你带来太大的麻烦。"

"别这么说,乔治,如果怕麻烦而不去行善,那我们还算什么基督徒?别担心,今晚十点钟左右,由菲尼亚斯·佛莱彻把你们送到下一站的同伴那里,因为追赶你们的人已经逼近了。"

奴隶拍卖会

这是一桩桩魔鬼的交易,不知要撕裂多少人的心,也不知要破坏多少个家庭,把一个个敏感而无助的黑人推上疯狂绝望的边缘。

马车在颠簸中前行,黑利和汤姆各自想着心事。

黑利在心里盘算着,怎样把汤姆养得又肥又壮实,卖个好价钱。他还想到,如果能凑齐一批黑奴卖到南方去,或许能赚更多的钱。钱对他来说是兴奋剂,越多越好。

不久,黑利从口袋里拿出报纸,注视着广告栏。

拍卖奴隶!二月二十日,星期二。在肯塔基州华盛顿市的法院前,将举行黑奴拍卖会。

海格六十岁　约翰三十岁　班二十一岁

苏儿二十五岁　阿巴特十四岁

以上这些黑奴是杰西·普霍特的遗产,可做债权人的所有物处理。

"好,我得去看看拍卖的情形。"

"我替你找一个同伴,和你一起运到南方去。咱们现在就去华盛顿市。"

黑利的马车到达华盛顿的当天晚上,汤姆叔叔被放在警察的拘留所里,而黑利却独自在旅店里度过了舒适的一晚。

第二天中午十二点钟,法院的广场前面,挤满了看热闹的人们。他们交头接耳,叽叽喳喳地议论不休,等待着奴隶拍卖会的开始。

几个将被拍卖的奴隶,远远地聚集在广场的一隅,惶恐地窃语着。

广告上说的海格,是个地地道道的非洲女人,她不仅瞎了一只眼睛,关节炎还使一条腿落下了残疾。她的旁边站着她的儿子阿巴特,一个十四岁聪明伶俐的少年。她的孩子们都先后被卖到南方的奴隶市场,这是最后一个留在身边的孩子了。母亲用两只颤抖的手抓住孩子的胳膊,极度惊恐地看着每一个上前来察看她的人。

黑利推开喧闹的人潮,走到奴隶面前,像察看牲口一样地察看他们的牙齿、肌肉、胳膊和腿。

"好了,他,我要了。"黑利指着少年说。

"求求你,老爷,我们两个是一块儿卖的。我还很结实,还能干很多活呢。"伤心欲绝的母亲请求道。

"谁信你!"奴隶贩子黑利傲慢地说。

"请你买下我吧,先生,不然,我的孩子一离开我,我就会死掉的。"海格跪在黑利的脚前,仍然紧紧地抓着孩子的胳膊苦苦哀求道。

"我买了你以后,你还不是很快就会死掉。走开!"黑利一点儿也不为之所动,狠狠地踢了她一脚,漠然地转身离去。

最后,海格以非常便宜的价格被人买走,于是,一场奴隶拍卖会就这样结束了。人们三三两两地散去。

被拍卖的黑人多年来一直生活在一起,这时,他们围坐在绝望的老母亲身边,陪着她默默地流泪。

"妈妈,别哭了,"孩子说,"他们说你的主人心很好。"

"那又有什么用?阿巴特,你不在我的身边,我可怎么办哪!"

"你们就不能把他们拉开吗?"黑利冷冰冰地说,"真不知道这样哭闹有什么好处。"

几个年纪大的黑奴把他们拉开了,把她带到新主人的马车旁时,不断地安慰她。

"好了，"黑利把刚买的黑奴推到一起，拿出一串手铐把他们铐起来，然后赶着他们往拘留所去。

几天以后，黑利带着新买的奴隶和汤姆叔叔，搭乘开往俄亥俄州的轮船。这艘悬挂着星条旗的自由之国的船只，在闪闪的夜空下，悠闲地驶过密西西比河。

几位衣着入时的妇女和衣着考究的先生伫立在甲板上，尽情享受着这神秘的夜景和清新的海风。

一位在船上跑上跑下的男孩，很神秘地来到他的母亲身旁说："啊，妈妈，船上有一个奴隶贩子，他买了四五个黑奴在底舱里。"

"可怜的人！"母亲既难过又气愤地说。

"还用链条锁着呢。"男孩说。

"出现这种情况，真是我们国家的耻辱！"另一个太太说。

黑利把新买来的奴隶和汤姆叔叔都推进底舱里，和旅客们的行李放在一起。

途中，船只曾停了好几个码头。每当船只一靠岸，黑利就上岸去做买卖。

一会儿，黑利带着一个怀抱幼儿的黑人女子，轻快地走了上来。汤姆叔叔一看到这个女子，就觉得有什么地方不对劲。果然，黑利在她坐下后不久，就开始用低低的声调对她说了一些什么，一片浓重的阴云逼上女人的眉头。

"不，我不相信我的主人会卖我，你骗我！"女人声嘶力竭地说。

"我怎么会骗你呢？不信你看，这是你的主人的签字。我是花了大价钱把你买来的呢！"

"这不是真的，我的主人告诉我，让我到路易斯维尔去，他把我租给了我丈夫工作的那家旅馆做厨师。我不信我的主人会说谎，你骗我……"

"傻瓜，你被卖掉了。不信，你随便请一个人念念。"

一个识字的男人拿过那张卖身契，看了一眼后说："这上面签字的是约翰·福斯迪克,把一个叫露西的女人和孩子卖给了你,这是写得一清二楚的。"

露西双手紧紧地抱着婴儿,站在河边,呆呆地注视着河水。

随着船只的航行,露西的情绪愈来愈平静。忽然一个中年男子走到她的身旁,友善地说:"这孩子好可爱哟!多大了?"

"十个半月了。"

男人对着孩子吹了声口哨,给了他半块糖,他急切地抓过糖来,很快就塞进嘴里。

"好厉害的小家伙!"男人逗了一会儿孩子,就走到船的另一边。黑利正站在那里。

"那女人很不错嘛!"男人说。

"是啊。"黑利开始抽烟。

"贩到南方去吗?"

黑利点点头,继续抽他的烟。

"一个女人带着孩子,很麻烦的。"男人说。

"我一有机会就把她卖掉。"

"我们家厨师的孩子死了,你就把这孩子便宜地卖给我吧!"

"这孩子很可爱,也很聪明、结实,再过一两年就可以卖到好价钱,所以我不能便宜地卖给你。"

狡猾的黑利想乘机捞一把。

男人拿出一叠钞票,递给黑利。

"你要在哪里下船?"黑利一边数着钞票,一边说。

"我准备在路易斯维尔下船。"

"路易斯维尔?那太好了。我想黄昏时我们的船可能会到达那里。或许那时,孩子已经睡着了,你可以抱着他悄悄地走。"

那是一个凉爽、平静的黄昏,船终于抵达路易斯维尔。

看到码头上挤满了人,露西心里想:我的丈夫会不会在人群里?

她把孩子放在货厢间的凹处,便跑到船边去,希望能在拥挤的码头上看到自己的丈夫。她怀着这个希望一直挤到栏杆边,眼睛在浮动的脑袋上搜寻。

这时,黑利把孩子交给那个男人。男人就混在人群里,迅速地下船了。

冒着白烟的轮船离开港口时,露西回来了。发现孩子不在那里,而黑利正坐在旁边。

"露西,我不能把你的孩子带到南方去。所以,我把他卖给一个旅客了,他说会好好照顾他的。"

露西呆在那里,她的灵魂仿佛已经跟她的肉体分开来。

"露西,你不用难过,到了那边再找一个丈夫,你还可以生很多孩子。你是懂事的女人,应该想得开。"

"好了,老爷,你不用说了。"

黑利知道露西一定无法接受这个事实,所以他想尽力劝慰精神近乎崩溃的露西。

露西用衣服塞住耳朵,她不希望听到这个残酷的事实。

"还真想不开,"他自言自语地说,"不过挺安静的,或许,时间会平复一切的。"

这件事从头至尾汤姆叔叔都看见了,完全明白它的后果。他想尽力安慰这个女人,可是,他不知从何说起,因为发生的这一切,与他的观念是完全相悖的。

夜降临了。谈生意和聊天的声音一个个消失,船上的人都进入了梦乡,船头的水花声清晰可闻。汤姆叔叔躺在货厢上,不时听到女人的饮泣和呻吟:"上帝,请帮帮我吧!我该怎么办?"这声音断断续续,直到完全消失。

午夜时分,汤姆突然惊醒,有一个黑影越过他的身边到了船侧,然后就听到"扑通"一声。他抬起头——女人的地方空了!他起来在四周白白寻找了半天。终于那颗滴血的心平静了,河面依然波光粼粼,仿佛什么也没有发生。

天亮时,黑利指着汤姆大声地吼骂着:

"那个女人到哪里去了?汤姆。"

"早上天快亮的时候,有个黑影在我面前一晃,不久,我就听到了东西落水的声音,而当时露西并不在船舱里,我知道的就是这些。"

因为黑利对这种事已经习以为常,所以一点儿也不惊讶。只是他想:"又要损失钞票了,真倒霉!"

抗 争

他们的神情庄严、肃穆,有对未来生活的憧憬,但更多的是对命运的抗争。

傍晚,一轮浑圆血红的落日悬挂在地平线上,金黄的余晖宁静地射进一间小卧室。在这间小卧室里,孩子坐在乔治的膝头上,丽莎握着乔治的手,他们的神情庄严、肃穆,有对未来生活的憧憬,但更多的是对命运抗争的决心。

"丽莎,别担心,不管受多大的挫折,我们都应该挺得住。上帝会保佑我们的!"

由于乔治在教友家里意外地遇见妻子丽莎和儿子哈里,他觉得无所不能的上帝又回到了他的身边。他紧紧地搂着妻子,相逢的喜悦使他们彻夜长谈。

"丽莎,你说得对,我们应该努力使自己的行为无愧于一个自由人,一定要按基督徒的规范要求自己。把过去的痛苦忘掉,经常读《圣经》,做一个好人。"

"等我们到了加拿大以后,"丽莎说,"我们就开一间小铺子。做衣服、洗衣服,我都很在行,我们一定能养活自己。"

"其实,只要我们在一起,那就是最大的幸福。我会努力工作,然后,把你和孩子的赎身钱寄给你的主人,到那时,我们就做个完完全全的自由人。"

"可是,我们还有很艰难的路要走呢!"丽莎说。

"但只要我们有信心,没有走不过去的路。现在,我都闻到自由之国的空气了。"乔治坚定有力地说。

外面传来脚步声,不久就有人敲门,丽莎忙起身开门,却发现是哈里迪和另外一个男人站在门边。

"这是我的朋友菲尼亚斯·佛莱彻。昨晚他在酒店听到一个有关你们的消息,让他给你们说说吧。"哈里迪有些紧张地说。

佛莱彻是个红头发的瘦高个,他有一双充满智慧的眼睛,落拓不羁而又相当机警,任何时候都是一个不可多得的好帮手。

只见他从容不迫地说:"昨天晚上,我在小酒店喝酒时,突然听到旁边几个人一边喝酒一边说:'那些人一定在教友派的教徒家里。'而且他们还知道我们今晚所走的路线。"

听到这个消息,乔治气愤地捏紧了拳头,而丽莎则颤抖着说:"那我们该怎么办呢?"

"我知道该怎么办!"乔治说着到小房间里去检查他的手枪。

佛莱彻和哈里迪彼此交换一个眼色,然后若有所思地点点头。

"乔治,事情最好不要朝坏的方面发展。"哈里迪叹了一口气说。

"你们只要借给我一辆马车,我决不会连累你们的。"乔治知道哈里迪的担心,十分愧疚地说。

"你错了,朋友。"佛莱彻说,"哈里迪不是那个意思,他只是希望你不要冲动。这条路我最熟,我给你们驾车。"

"是啊,乔治,马车有人驾驶,你才可以跟他们拼命啊!佛莱彻这个人很可靠的,而且,你千万不要草率行事。"

"你放心吧,哈里迪先生。"乔治说,"我知道该怎么做,我不会让他们抢走我的妻子和儿子。上帝保佑我,我会搏斗到最后一口气。"

"只要是有血有肉的人都会这么做的,乔治,愿上帝保佑你!"

"我会帮你的,乔治,你要是和谁算总账,我一定给你抓住他。"佛莱彻挥动强壮的胳膊说。

乔治握住佛莱彻的手,真诚地说:"谢谢你,佛莱彻。我唯一不安的是,你们要为我担风险。"

"别再说那些话了,我们必须比那些歹徒提前两三个小时离开。所以乔治,你马上做好准备,我到迈克尔那里去一趟,让他跟在我们后面给我们望风,他有一匹快马,没有人能赶得上。告诉吉姆和他的母亲,也要赶快准备。"说完,佛莱彻转身离去。

这时,乔治和哈里迪已经走了过来,雷切尔和孩子们正忙着烤玉米饼,煎火腿煮鸡,赶做晚餐吃的东西。

"抓紧为这些朋友们准备吧,我们可不能让他们空着肚子上路。"哈里迪笑着对雷切尔说。

"对不起,让你们费心了。"乔治说。

"没关系,乔治,我们只是凭良心做事而已,何况,人本来就是要互相帮助的。"哈里迪安慰乔治说。

晚餐后,一辆大篷马车停在了门口。乔治一手牵着妻子,一手抱着儿子,走出门来。他步伐沉稳,目光坚定,仿佛一切艰难险阻他都有勇气去战胜。

"这是野牛皮坐垫,可以盖在膝盖上保暖,拿去吧!夜里很凉的。"雷切尔拿出一块厚实的毛皮,对丽莎说。

丽莎感激地接过皮垫,难舍难分地跟雷切尔告别,随即抱哈里上车。

乔治和吉姆坐在前面座位的木板上,佛莱彻则坐在驾驶座上,负责驾驶马车。

哈里迪和雷切尔站在门口,向他们挥手告别。坐在马车上的丽莎默默地祈祷未来平安、顺利。

马车在已经结冰的路上,摇摇晃晃地前进。车轮碾过薄冰,迸发出吱吱的响声。穿过大片黑黝黝的森林,驶过辽阔的平原,上山下谷,一路颠簸而去。孩子很快就睡着了,沉甸甸地躺在母亲的怀里,就连那个被恐惧吓破了胆的老太婆也进入了梦乡。丽莎也迷迷糊糊地打起瞌睡来。佛莱彻是最精神的一个,他一面赶车,一面吹着口哨解闷。

凌晨三点钟左右,乔治突然听到后面传来嘚嘚的马蹄声,他的神经立刻警觉起来,他推了推佛莱彻的胳膊,佛来彻停下马车听了起来。

"是迈克尔。"他说,"我听得出马蹄声。"他站起身伸长脖子往后面张望。

这时,远处的山顶上模糊地出现了一个骑马疾驰的人影。

乔治和佛莱彻不假思索地从马车上跳下来。

"嗨,迈克尔!"佛莱彻向远处的迈克尔打招呼。

"佛莱彻吗?"

"是我,他们来了吗?"

这时,迈克尔已经到了跟前。

"他们来了,有八九个人,全都喝得醉醺醺的,像一群疯狗。"

正说着,忽然听到越来越近的马蹄声。

"赶快上车!如果非打不可,也等我往前赶一段再打!"乔治和佛莱彻飞快地跳上马车。

马车飞驰,后面的马蹄声愈来愈近。

丽莎紧紧抱着哈里,老太太则不断地祷告着,而乔治和吉姆紧握着手中枪,一触即发,气氛非常紧张。

天已破晓,绯红的云彩照亮了远山一群模糊的人影。他们爬上一个山头,一看见这辆马车,便发出凶残的叫喊声。

马车突然拐了个弯,把他们带到一块陡峭的悬崖下。这是山中一片独立的奇峰,阴森黑黝地直耸入渐渐亮起来的天空,是个绝好的藏身之处。

"大家赶快下车,跟我到山顶上去。迈克尔,把马车藏好。"佛莱彻从容不迫地指挥着。对这一带的路线,他太熟悉了。

大家很快就下了车。

佛莱彻抱着哈里像山羊般一蹦一跳地前行,吉姆背着浑身发抖的老母亲走在后面,乔治和丽莎断后。

他们爬上岩石顶后,通过只有一米宽的岩石裂缝,再走到一块九

米多高的大岩石下面。

"一夫当关,万夫莫开。就让他们上来吧,让我一个个收拾他们。"佛莱彻自信地说。

"无论多么危险,我们都要战斗到底。"乔治悲壮地对大家宣布。

天渐渐亮起来,可以清楚地看到那些追赶的人群已经到达岩石下面,黑利的朋友汤姆·洛卡和马克斯也在里面。

"他们就在上面,我们上去抓吧!"汤姆对其他的人一挥手。

正在这个时候,乔治出现在岩石顶上。

"先生们,你们要干什么?"

"我们正在抓逃亡的黑奴乔治和丽莎,还有一个孩子以及吉姆和他的母亲。你不是乔治吗?"

"对了,我就是乔治·哈里斯。但是,我现在已经是自由人了。这里还有丽莎、哈里、吉姆和他的母亲。不过我们有保护自己的武器,不怕死的就上来吧!"

马克斯忽然对乔治开枪,子弹呼啸地从他的耳边飞过,险些擦着丽莎的面颊。丽莎尖叫一声。

"没事,丽莎。"乔治在这样的时候也不忘安慰妻子。

"吉姆,"乔治说,"检查一下你的手枪,我们得好好地把握这个关口。第一个上来的,你打;第二个上来的,我打,不能浪费一颗子弹。"

马克斯开枪以后,一直没有动静。于是,汤姆第一个跳上来。乔治朝他的肚子开了一枪,子弹打中了他的腹部。但是汤姆并没有立即倒下,仍疯狂地冲向乔治。佛莱彻跳起来飞起一脚把他踢开。

身受重伤的汤姆,连续从二十多米高的岩石上滚下去后,便像死尸一样地倒地不起。

爬到岩石顶上的马克斯,看到汤姆被打伤,急忙仓皇逃走,嘴里却仍然喊着:"你们快去救汤姆!"

"我们为他卖命,他倒好,舒舒服服地躺在那儿。"

"别啰唆了,把他弄起来吧。鬼哭狼嚎的,伤得很厉害吗?"

"不知道,赶快把我扶起来吧!"汤姆有气无力地说。

汤姆被同伴扶起来,但没走几步就摇摇晃晃地倒下了。那些人觉得厌烦,就把汤姆遗弃在荒野里,扬长而去。

"如果下山,还得走一程。"佛莱彻说,"我让迈克尔把马车赶回来,乘着天色尚早,我们赶路吧,反正只有不到两英里路了。"

当他们走到山脚时,迈克尔的马车已经停在那里了。

"啊!史蒂芬和阿马利亚也来了?那可就安全了。"佛莱彻欣慰地说。

"请你们救救他吧,他叫得可厉害!"丽莎说。

"好吧,这是基督徒的本分,"乔治说,"就把他放在教友会家里治伤吧。"

"那得先给他包扎一下,不然血会流光的。"佛莱彻跪在伤者身边,给他查看伤势。

"是你吗,马克斯?"汤姆用微弱的声音说。

"不是的,朋友,"佛莱彻说,"你的马克斯早就逃之夭夭了,他才不管你了呢!"

"那该死的胆小鬼,太不够朋友了。我那可怜的老母亲早就料到我会有这样的下场。"汤姆可怜兮兮地说。

"哎呀,他也是妈妈生的吗?我倒有点可怜他了。"吉姆的妈妈说。

佛莱彻简单地帮汤姆处理了一下伤口,就和乔治把他抬到马车上。

小 天 使

她美丽、圣洁,宛如冬日里的第一缕阳光,给多少疲惫、伤痛的心灵带来温暖和慰藉。

傍晚的密西西比河,在夕阳的映照下闪着粼粼的金光。轮船载着重荷,缓缓地驶向南方。

汤姆叔叔坐在棉花堆旁的一个角落里。也许是他的忠厚老实打动了黑利的心,终于,他的脚镣、手铐被取了下来,能够在船上自由活动了。

汤姆叔叔在船员们很忙的时候,常常帮着干这干那,那劲头就像在谢尔比庄园干活一样卖力。没事的时候,他就一个人静静地坐在角落里读《圣经》。他认识的字不多,所以读得很吃力。这样的时候,他不时把目光投向岸边,那在阳光下闪着金光的农奴的茅草屋,不禁让他想起在肯塔基州,那鲜花盛开的小屋。他仿佛看见妻子忙碌地为他准备晚餐,仿佛听见了儿子玩耍时的欢笑声和坐在他膝头上的娃娃的哼哼声。突然,他一惊,这一切景象消失了。他清楚地明白,过去的生活已经一去不复返了。

船上的旅客中,有一个名叫圣·克莱尔的年轻绅士,他带着一个七八岁的小女孩和一个显然有亲戚关系的中年妇女。

小女孩蹦蹦跳跳,活泼可爱,就像一个美丽的小天使。她好几次走到汤姆叔叔的旁边,好奇地看着他。

"你叫什么名字?小女孩!"

汤姆叔叔看到可爱的女孩，心里立刻涌起一股柔情。

"我叫杰琳·圣·克莱尔。"小姑娘说，"可爸爸他们都叫我伊娃。那你叫什么名字呢？"

"我叫汤姆，可是孩子们都叫我汤姆叔叔。"

"那我也叫你汤姆叔叔，我好喜欢你啊！"伊娃说，"那你到什么地方呢？"

"我不知道，伊娃小姐。"

"怎么会不知道？"伊娃问。

"我是个奴隶，我不知道我的主人会把我卖给谁。"

"如果你愿意，我叫爸爸来买你，"伊娃说，"那么，我就可以跟你一起玩儿。我现在就去跟他说。"

"谢谢你，伊娃小姐。"汤姆说。

当船停靠在小码头时，伊娃回到了她父亲的身边。汤姆站起来，帮船员们一起装木头。

不久，船开了，伊娃和她的父亲正站在栏杆边。突然船一动，小姑娘站立不稳，掉进了河里。

伊娃的父亲克莱尔先生刚准备跳下去，可是有人抢先把伊娃救了起来，这个人就是汤姆叔叔。

第二天天气异常闷热，轮船驶进了新奥尔良市。船上的旅客都在做上岸的准备。坐在甲板上的汤姆，不时焦急地回过头来，那里，奴隶贩子黑利正在和克莱尔先生商谈。伊娃不安地站在一边。

"有虔诚的宗教信仰，又懂得人情世故，能明辨是非善恶。我知道是个不错的奴隶，那么，你到底要多少钱？"克莱尔先生厌恶地对黑利说。

"先生，就卖一千三百美元，我也没有赚的。"

"爸爸，别跟他争了，给钱吧，我喜欢汤姆叔叔！"伊娃催着爸爸下决心。

"孩子，你买他做什么？"

"我要给他快乐、幸福。"

"你太善良了,孩子。"克莱尔先生感动地说。

黑利拿出谢尔比先生签字的买卖契约证明书,克莱尔先生确定了之后,便把一叠钞票交给了黑利。

黑利接过花花绿绿的钞票,满脸笑得稀烂,然后把写好的契约书交给克莱尔先生。

"伊娃,过去。"克莱尔先生拉着孩子来到汤姆叔叔的身边,温和地说,"汤姆,把头抬起来,看看你喜欢你的新主人吗?"

"愿上帝赐福给你,老爷。"汤姆的眼里涌出了泪水。

"你会赶马车吗?汤姆。"

"我和马有很深的交情,驾驶马车很内行的。"

"是吗,就让你驾驶马车好了。一星期只许喝醉一次酒。"

"老爷,我从不喝酒啊!"

"真好,汤姆叔叔,你一定会过得很快乐、很幸福的。我爸爸是一个最好的人。"

"感谢你的夸奖,小宝贝!"

克莱尔先生笑着对伊娃说,然后转身离去。

自由之路

伊利湖上碧蓝的水波,在阳光下闪烁跳跃。一阵清风吹来,那艘气宇轩昂的轮船一路乘风破浪,驶向自由的港湾。

汤姆·洛卡躺在床上,翻来覆去地呻吟着,照料他的多卡斯婶婶围着他团团转。

"见鬼!"汤姆使劲地踢开被子喊道。

"拜托你,不要说这种话。"多卡斯婶婶一边给他盖好被子,一边说。

"要是我能够忍得住的话,我就不说。"汤姆说,"可是热得让人忍不住啊!"说着又把刚才整理好的被子踢得乱七八糟。

"那个男的和那个女的都在这里吗?"他停了片刻阴沉着脸说。

"在这里。"多卡斯说。

"赶快让他们走,越快越好!"

"他们肯定会走的。"多卡斯依然平静地说。

"让他们别忘了,"汤姆说,"我们在桑达斯基有联系人,替我们监控船只。我想让他们逃脱,气死马克斯,那坏东西,见他的鬼!"

"汤姆·洛卡!"多卡斯严厉地喊道。

"让我说出来吧,不然,我会憋死的。"汤姆说,"那个女的一定要化装,桑达斯基都有描绘她外貌的告示了。"

"好吧,我去告诉他们,叫他们小心一点儿。"多卡斯镇定地说。

为了避免马克斯他们发现,他们决定乔治、丽莎、哈里、吉姆和他的母亲,分别乘船走。

"乔治,真可惜,这么好的头发要剪掉了。"丽莎抚摩着缎子一般光滑的头发,真有几分不舍。

"剪吧!别舍不得了。"乔治笑着鼓励她。

丽莎对着镜子抄起剪刀,头发便一缕缕掉下来。"看,我像不像一个漂亮的小伙子?"丽莎有几分撒娇地对丈夫说。

"不管怎么打扮,你都是最漂亮的。"乔治深情地对妻子说。

"啊,乔治,你的眼睛多么忧郁!我们再有二十四小时不就到加拿大了吗?"丽莎不安地看着丈夫说。

"越是接近终点,我们越应该小心。不然,前功尽弃了怎么办呢?我再也不会去过奴隶的日子了,丽莎。"

"别怕,乔治,上帝时刻跟我们在一起,他会保佑我们的。"

"是啊,丽莎,我们的苦难就要到头了吗?我们就要自由了吗?"

"是的,亲爱的。"丽莎抬起头来望望苍天,希望和激情的泪珠在长长的睫毛上闪烁。

这时,房门被轻轻地推开了,一位中年妇女牵着哈里走了进来。

"哇,小宝贝,你怎么变成漂亮的小女孩了?"

丽莎抱起乔装成小女孩的哈里,很高兴地打量着。

这位中年妇女,是来自加拿大开拓地的史密斯夫人,一位纯朴热心的人。她正要乘船到加拿大,所以乔治就请她把哈里带上。

孩子惊奇地打量着妈妈。

"不认识妈妈了吗?哈里!"丽莎把手伸给孩子。

"别逗了,丽莎。"那妇人说。

"穿好衣服,我们走吧!"乔治说。

这样,丽莎便化装成一位漂亮的小伙子。而哈里则成了史密斯太太的小侄女,由于大量的抚爱和无数的饼干糖果,孩子真正地跟她形影不离了。

出租马车驶到了码头,两个青年走上跳板,丽莎殷勤地让史密斯太太挽着她的手,乔治照看行李,一行人上了船。

当乔治在船长室买票的时候,突然听到两个男人说:

"这些船我都看过了,他们肯定不在这条船上。"说话的是船上的管理员。

"是吗?那女的跟白人没什么区别,"马克斯说,"那男的是个肤色极白的混血儿,一只手上有烙印。"

乔治接过船票和零钱的那只手稍稍地颤抖了一下,但他很快镇定下来,不慌不忙地朝船的另一头走去。丽莎正在那里等他。

一会儿,船即将出港的铃声响起。乔治看见马克斯下船。

乔治压在心上的一块石头终于落了地。

这是一个难忘的日子。

伊利湖上碧蓝的水波,在阳光下闪烁跳跃,岸上吹来一阵清风,那艘气宇轩昂的轮船一路乘风破浪而去。

当船到达加拿大的小城阿默斯特堡时,乔治和妻子丽莎紧紧地搂抱在一起,他们热泪盈眶,喜极而泣。

他们随着拥挤的人流一起上了岸,抱起莫名其妙的儿子,一起跪倒在陌生的土地上,向上帝做感恩的祷告。

现在,他们终于到达了自由之国——加拿大。

奥菲利亚小姐

这是一处美丽的住所,庭院宽阔,树木苍郁,还有潺潺流淌的小溪环绕,可谁知道那平安下伏着的纷扰?

汤姆叔叔的新主人——圣·克莱尔是路易斯安那州大农场主的儿子。他从小就非常温和有礼,崇尚一切美好的事物,是个追求真、善、美的绅士。

克莱尔先生大学毕业的时候,在北部的某一州邂逅了一位美丽、高雅的少女,两人很快坠入爱河。这是他的初恋,也是一生中唯一的一次恋爱经历。

不久,两人定下山盟海誓,决定要相亲相爱一辈子。克莱尔先生为了准备婚礼而返回故乡。但是,天有不测风云,写给恋人的信被退回了,里面还附了一张短笺,明确地表示他的恋人变了心,嫁给了别人。

克莱尔先生失恋后,仿佛整个世界都垮了,他整日郁郁寡欢,打不起精神。最后,为了忘却过去的一切,他毅然跟一位娇媚的富家小姐结了婚。

婚后不久,他收到初恋情人的信,信上详细地写着监护人的阴谋。克莱尔先生的信根本就没有送到恋人的手中。然而,一切为时已晚。一对相爱的人就这样散了。

他带着伤痛的心写了回信,但一切已成为过去。那么,遗忘是最好的良药。克莱尔先生就这样结束了他魂牵梦绕的初恋。

克莱尔先生的妻子玛丽,是一个娇生惯养、高傲自大的女人。克莱尔与她的婚姻,毫无爱情可言,直到生下可爱的女儿伊娃之后,他才享受到真正的家庭生活。

喜欢孩子的克莱尔先生,以自己母亲的名字为独生女命名,而且非常宠爱她。玛丽为此感到受了冷落,更加神经质起来,最后竟病倒在床,把一切家事和孩子交给了佣人。

伊娃自幼体弱多病,而母亲玛丽却只注意自己,根本就不管女儿。于是,克莱尔先生就只好带着女儿,去找堂姐奥菲利亚小姐来家处理家务。

现年四十五岁的奥菲利亚小姐身材修长、娇美,是个办事干净利落的女人。因为某种不可知的原因,她至今未婚。

奥菲利亚小姐见到伊娃后,那种强烈的母性被唤了起来。她对小女孩千般怜爱,以至不忍丢下她,这样就一起乘船,回到新奥尔良的家。

不久,汽笛声响起,船抵达新奥尔良的港口。克莱尔家的马车已经等候多时。

克莱尔家是一栋具有西班牙和法国风格的城堡式建筑,庭院广阔,树木苍郁,还有潺潺的小溪环绕,具有典型的田园风光。

马车通过拱形的大门,进入中庭。一个大理石砌成的喷水池里,喂养着各种各样的鱼儿,透过清澈如镜的池水,那金色的鱼鳞,闪着宝石一样耀眼的光芒。旁边一棵高大的柚子树,正把它的浓阴投影在池中。

伊娃回到阔别已久的家,心里有说不出的兴奋。

"姑姑,我们的家漂亮吗?"

"啊,是一所漂亮的房子。只是有点古老……"奥菲利亚小姐牵着伊娃的手,环顾四周,她对新的环境很满意。

汤姆叔叔从车上下来,用一种惊慕的眼神看着四周。

"汤姆,你喜欢这里吗?"克莱尔先生对汤姆叔叔说。

"喜欢,先生,我可从来没见过这么漂亮的房子。"

"老爷回来了!老爷回来了!"等候老爷归来的仆人,一窝蜂地拥出来迎接老爷。

跑在最前面的是一个油头粉面的混血男子阿道尔夫,手里拿着一条洒满香水的麻纱手绢,不停地朝克莱尔先生挥舞着。

"你们都往后退,难道不让老爷进去见见夫人吗?"

仆人们你望我,我望你,不好意思地后退。两个壮实的搬运工开始搬行李。

阿道尔夫跑上前去,点头哈腰地围着主人转来转去,那样子就像一条摇尾乞怜的狗。

"阿道尔夫,你好吗?"克莱尔先生向他伸出手去。

"很好,先生。"接着阿道尔夫滔滔不绝地讲起差不多准备了半个月之久的欢迎词。

"好了,阿道尔夫,安顿好行李吧,我一会儿出来。"克莱尔先生拍拍他的肩,然后,把奥菲利亚小姐带进一间大客厅。

这时,伊娃早已一溜烟似的跑到母亲玛丽夫人的房间。

"啊,妈妈!"伊娃使劲儿搂她的母亲,狂呼乱吻起来。

"好了,好了,孩子,我的头又开始痛了。"

斜靠着睡椅上的玛丽夫人,敷衍地吻了吻伊娃,不耐烦地说。

一会儿,克莱尔先生走了进来,然后将奥菲利亚小姐介绍给夫人。玛丽略带惊奇地抬起眼睛,看了堂姐一眼,冷淡而客气地接待了她。

这时候,外面挤满了仆人,一位中年女佣目不转睛地看着伊娃,期待和喜悦使她浑身颤抖起来。

"噢,奶娘。"伊娃在一瞬间发现了她,立刻就像飞翔的鸟儿一头撞进她的怀里。

"奶娘,真想死你了!"

伊娃的吻像鸡啄米似的在她的脸上、脖子上啄开了。那女人把她紧紧地搂在怀里,又哭又笑,仿佛神经有些不正常似的。

"哦,真是莫名其妙。你们南方的孩子怎么这样?"奥菲利亚小姐不解地说。

"有什么不对劲吗?"克莱尔先生笑着问。

奥菲利亚小姐摊开双臂,一副无可奈何的样子。

汤姆叔叔局促不安地站在大厅里,而阿道尔夫正靠在栏杆上,用高倍的望远镜观察他。

"浑小子,你在干什么?难道这就是你对待同伴的态度吗?"克莱尔生气地打下他的望远镜,没好气地说。

"闹着玩儿,老爷。"

"唉,阿道尔夫,你身上穿的缎背心不是我的吗?"

"啊,这件背心已经沾满了酒渍,跟你的身份不配了,老爷。"

"是这样吗?"克莱尔先生有些不快地说。

"我现在带汤姆去见夫人,一会儿,你带他到厨房。说好了,别耍花招。"

"是的,老爷。"阿道尔夫狡猾地答道。

来到玛丽夫人的房间,看着那么漂亮的地毯,汤姆都有些不知所措了。

"进去吧,汤姆。"克莱尔先生催促道。

汤姆却恍然若梦,战战兢兢地挪动着他的双脚。

"我说,玛丽,"克莱尔对妻子说,"终于按你的要求买了个马车夫来,你睁开眼睛看看吧。"

"说不定又是个醉鬼。"夫人不屑地说。

"怎么会呢?他是滴酒不沾的,是一个很有节制的人。"

"但愿如此。"夫人懒懒地说,但始终没有睁开眼睛。

"阿道尔夫!"

圣·克莱尔先生向门外喊道,让他带汤姆去厨房。于是,汤姆退了出来。

"你比预定的日期迟了两个星期才回来。"玛丽夫人埋怨地说。

"我不是写信告诉你了吗?"克莱尔先生点燃一根烟说。

"那是什么信?又短又没人情味。你总是这样,从不把家当回事。"

"邮差等着呢,要不就赶不及了。"

"你总有你的理由。"

"你看,太太。"克莱尔先生从口袋里拿出一张照片,那是他和伊娃在纽约拍摄的。

"好看吗?"先生期待地望着她。

"丑死了,伊娃怎么摆了这么个姿势?"夫人很不高兴地说。

"这个姿势有什么不好,你看,你们母女不是很像吗?"

"你别说,我的头又开始痛了。"说着她不停地用手揉着太阳穴。

克莱尔先生感到十分失望,他一直希望能带给妻子快乐,谁知她一点也不领情,克莱尔先生就像被人泼了一盆冷水,他的激情一点点冷却。

在旁边一直听着他们谈话的奥菲利亚小姐,看着玛丽夫人不近人情的态度,感到非常寒心,她没有想到他们是这么貌合神离的夫妻。她真为圣·克莱尔感到委屈。

"我的病越来越恶化,而奶娘在夜里却睡得像死猪似的,一点也不在乎我,而早晨还要喊醒她。"玛丽夫人不断地向丈夫抱怨道。

"玛丽,奶娘其实是天底下最好的人了。如果没有她,你怎么办呢?"克莱尔先生说。

"我知道,但她一点也不考虑别人,总是想着她的那个丈夫。"

"妈妈,奶娘这几晚不都陪着你吗?"伊娃说。

"她向你诉苦了,是吗?"玛丽生气地问道。

"没有,妈妈,她只是告诉我,你夜里睡不着,很痛苦的。"伊娃说。

"真是个自私的家伙!"玛丽不耐烦地说。

"玛丽,如果她累了,就让罗丝替她一晚吧。"克莱尔先生说。

"那怎么行,我的神经那么衰弱,找一个生手来陪我,那不是要我的命吗？你怎么净为别人想得多，而一点也不关心我呢？"

"妈妈，让我来照顾你吧，我很乖的，我一定醒着不睡觉。"

"你真是个奇怪的孩子。"玛丽夫人尖刻地说。

"不行吗？妈妈，奶娘最近身体不太好，头老痛。"

"那些黑奴只要有什么风吹草动，就会叫得惊天动地，绝对不能宠坏他们。你说是吗，堂姐。"玛丽忽然对沉默不语的奥菲利亚小姐说。

克莱尔先生有事出去了，伊娃也跟在他的后面跑了出去。

"每天都被这些黑奴烦死了，克莱尔还要我站在他们的立场想一想。就拿奶娘来说吧，我嫁过来的时候，就把她给带来了，本来想给她再找一个丈夫，就让她在这边好好过日子，可是她死活不肯。克莱尔还几次让我把奶娘放回去，让他们一家团圆。可是他们的感情，能跟我们比吗？"

"你不认为上帝创造他们，也是用和我们相同的血吗？"奥菲利亚小姐发表自己的意见。

"你怎么会这么想呢？他们天生是低贱的人。"

"可是他们也有不灭的灵魂。"奥菲利亚小姐提高声调说。

"也许吧，谁知道呢！"玛丽夫人打了个呵欠有些心不在焉地说。

玛丽夫人跟奥菲利亚小姐就这样抬起杠来。这时，克莱尔先生回到房间。

突然，一阵快活的笑声从后面传了过去，克莱尔拉开窗帘也跟着笑起来。

"什么事？"奥菲利亚小姐走到栏杆边问。

院子里，汤姆坐在一张长着青苔的小板凳上，每一个扣眼里都插满了鲜花，伊娃正笑着把一个玫瑰花环挂在他的脖子上。

"汤姆叔叔，你真有趣！"

伊娃看着汤姆叔叔滑稽的样子，忍不住捧腹大笑。她的笑声，驱散了汤姆叔叔心头的阴影，他也一样开怀大笑起来。

"你怎么让孩子跟他们在一块儿？"奥菲利亚小姐不放心地说。

"有什么不可以?"克莱尔先生问。

"这似乎很不像话。"

"如果孩子跟一条狗玩,即使一条恶狗,你也不会在意。但是一个人,你就不放心了,何况,这是一个明理的黑人。有好多时候,当你看到别人欺负奴隶,或许你也会打抱不平,但是你往往忽视了自己的行为,是不是会伤他们的自尊心。"

"啊,对不起,我多心了。"

汤姆叔叔自从来到克莱尔家之后,并没有什么不满意。因为大家对他都很好,特别是伊娃,一分钟见不到他都不行。汤姆叔叔的工作是给夫人驾驶马车,然后就是陪伊娃玩。所以,他一天到晚都穿戴得很整齐,加上周围的环境清爽、干净,一点也看不出他过的是奴隶的生活。

每个礼拜的早上,夫人梳妆打扮后必定要上教堂,所以,汤姆总是早早地把马车备好,停在夫人目光所及的地方等着。

"伊娃在哪儿?"玛丽问道。

"在楼梯上跟奶娘说话呢。"

"总是磨磨蹭蹭的,一点也不知道着急。"玛丽夫人生气地说。

"奶娘,我知道你头痛得厉害,把我的嗅瓶拿着吧。"

"就是那只镶钻石的金瓶子吗?小姐,太贵重了,我不敢拿。"

"为什么不敢?我妈妈头痛就嗅它,它会让你舒服点儿。拿着吧,就权当让我高兴。"伊娃把瓶子塞在奶娘怀里,转身跑下楼梯。

"伊娃,你去哪儿了?"玛丽不耐烦地跺着脚说。

"把我的嗅瓶给奶娘了,让她带去教堂。"

"你真让人生气,快给我拿回来!"玛丽严厉地说。

伊娃很不情愿地转过身去。

"玛丽,孩子爱怎么做就怎么做吧,别大惊小怪了。"克莱尔先生说。

"克莱尔,都是你惯坏的,你这是害她。"玛丽说。

"上帝知道的。"

"你做礼拜去吗？堂弟。"奥菲利亚小姐为平息这场风波，突然对克莱尔先生说。

"我不去了，你们走吧。"克莱尔说完转过身去。

"他一直这样，根本就没有信仰。"玛丽说。

第二天早餐时，克莱尔问奥菲利亚小姐："教堂里怎么样？"

"很不错，C博士布道真是精彩极了。他讲的正是你想听的。他说上帝创造了各种各样的人，有卑微的人，有与生俱来就支使别人的人，也有天生注定要为别人服务的人……总之，人与人之间是有差别的，所以人世间的一切都是和谐的。如果你也去听听，肯定会受益匪浅。"坐在对面的玛丽夫人插嘴说。

"这种事情不去教堂也会了解。"克莱尔说。

"那么，你觉得奴隶制度是好还是坏？"正在涂奶油的奥菲利亚小姐说。

"我并不想去判断这是正确的还是错误的。只是现实生活中有奴隶制度，我们不得不承认它的存在。如果有一天，人类不需要奴隶制度的时候，就会有另外一种说词了。"

奴隶之死

她的孩子哭死了,就为了让自己听不见孩子的哭声,她开始喝酒。她以为酒是最好的忘忧草,可谁知她陷入了更深的痛苦中,以致失去了生命……

克莱尔先生生性是一个充满浪漫情怀的人,他不善理财,也不懂得算计。日常事务全交给跟他一样糊涂的阿道尔夫,所以钱财如流水一样流走了。

一向以照管主人家的财产为己任的汤姆叔叔,看到这样的铺张浪费,心里像刀割一样疼痛。终于有一天,他用非常温和的语气,间接地提出了他的建议。

开始,圣·克莱尔为了考察他的能力,便把一些小事交给他做。但是,克莱尔很快就发现,汤姆叔叔头脑清醒,办事能力强,是一个完全可以信赖的人。因此,就决定让汤姆叔叔替代笨拙的阿道尔夫来管理克莱尔家的一切财务。

汤姆叔叔待人诚恳、温和,他对主人有一种近乎父爱般的感情。

圣·克莱尔生活随意,应酬极多,时常出席各种酒会、晚宴,不是泡在俱乐部,就是泡在歌剧院里。对此,汤姆叔叔非常担心。他清楚地知道老爷不是个基督徒,但他常常以最淳朴的方式为老爷祈祷。

有一天,克莱尔先生应朋友之邀,参加一个名贵的酒会,因喝酒太多醉倒了,午夜两点才被人送回来。那烂醉如泥的样子,让汤姆叔叔心疼不已,他守在床前一夜没有合眼。

第二天,克莱尔先生醒来已是早饭后。他把汤姆叔叔叫到房里,

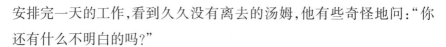

安排完一天的工作，看到久久没有离去的汤姆，他有些奇怪地问："你还有什么不明白的吗？"

"是的，老爷。"汤姆神情严肃地说。

"哟，怎么把脸板得那么紧啊！"

"先生，我很担心……你对每个人都很好，可为什么单单对自己不好呢？"

"你想说什么，汤姆？"

"你昨晚喝了那么多酒，也不管自己的身体会不会受到伤害……"汤姆哽咽地说。

"噢，就为这么点小事？"

"小事？'酒咬人如大蟒，刺人如毒蛇'啊！我的好老爷！"汤姆声音哽塞，泪如雨下。克莱尔先生被他的真诚深深感动了，他的眼里也饱含泪花。

"放心吧，我再不去那种地方了。把你的眼泪擦干吧，汤姆，我不值得你流泪的。"

克莱尔拿出一块手帕，递给汤姆叔叔。汤姆叔叔擦干眼泪心满意足地走了。

克莱尔先生是个守信用的人。从此，他再也没有喝醉过酒。

奥菲利亚小姐到克莱尔家后，把家务处理得有条不紊，俨然一个精明能干的女主人。但当她看到厨房里乱七八糟的样子，还是吓了一大跳。于是，她决定整理厨房。

黛娜是厨房里的总管，她对奥菲利亚小姐的大举进攻颇有微词，她觉得自己的尊严受到了伤害。因为，多少年来，她一直是我行我素，从不受任何人的干扰。就连跟玛丽夫人的母亲在一起时也是如此。

但黛娜有一手好厨艺，就是最挑剔的美食家也挑不出毛病。尽管她的制造过程很烦琐，炊具放的地方有三百六十五处，制作过后的厨房就像经过了一场浩劫，但仍不失为一个好厨师。

奥菲利亚小姐开始打开抽屉柜。

"黛娜,这只抽屉里放的是什么?"她问道。

"随便放点什么都方便,夫人。"黛娜说。

事实上也是如此,里面不仅有各式各样的乱东西,还抽出一块血迹斑斑的勾花桌布,很显然是包过生肉的。

"这是什么? 黛娜,你不会是拿太太最好的桌布包肉吧?"

"怎么会呢? 可是一时找不到毛巾,我才会的。我正准备洗呢。"

"这又是什么呢?"

"啊,那是我的擦头油,放在那里我用的时候方便。"

"真是个废物! 什么东西都乱放。"奥菲利亚小姐一面嘟哝,一面把里面的东西倒出来,里面这样或那样的东西都有:脏了的手绢,废弃的毛线,一些烟草,几块饼干,小洋葱,旧布鞋,针头线脑,法兰绒小包及各种各样的漏在抽屉里的香料。

"黛娜,肉豆蔻放在哪里?"奥菲利亚小姐强压住怒火问。

"哪儿都放,夫人。破茶壶里有,柜子里也有。"

"真是乱弹琴,这里还有一大堆脏兮兮的餐巾没洗呢。"

"我正准备洗来着,可事儿多,就忘了。"

"这里难道没有专门放要洗的东西的地方吗?"

"有的。就是那边那个柜子,可我在上面和面呢。"

"那个揉面桌干什么用的?"

"哎呀,夫人。那上面放满了没洗的盘子呀!"

"你为什么不洗呢?"

"你看我闲着吗? 一天到晚我忙得要命。"

"黛娜,你敢拿太太最好的碟子装头油?"

"天啊,我哪敢呢。今天就准备换个东西装的。"

"好啦,黛娜,我把这些东西都清理整顿好,以后你要好好保持。"奥菲利亚小姐在厨房里走来走去,把盘子分大小摞好;把分散在十几处的糖都倒在一个容器里;把要洗的餐巾毛巾和桌布清出来放在一边;然后亲手又洗又搓,转眼之间,厨房就像模像样起来,其速度之快令黛娜惊讶。

"哎呀,要是太太夫人们都这么能干,那我们干什么呢?"黛娜感慨地说。

要知道,黛娜在大扫除的时候,只会把一切弄得更乱七八糟。她从来没有这个能力,在短时期内把东西清理好。而且,即使清理好,也管不了三天。

奥菲利亚小姐在几天中就把宅子里每个部门都进行了改革,使之井然有序。但是收效甚微,没几天又回到原来的样子。

"这个家根本就是无可救药。"绝望之余奥菲利亚小姐向克莱尔先生诉苦道。

"确是这样,我相信。佣人有两种,一种是用鞭打才会工作的;另一种呢,是不用打骂就会主动工作的。所以,这种小事情你就不要太介意了。我是从来不打奴隶的,也不会凌辱他们,他们想怎么样就怎么样吧。"

"可是,这样太糟糕了,整个一团乱麻,又奢侈,又浪费,就是再大的家产也会败光的。"

奥菲利亚小姐忧心忡忡地说。

"可是,有什么办法呢?"

"你为什么不教教他们呢?"

"教?教什么?怎么个教法?我不会,而且,我想教也白教。"

"唉,真不知道会变成什么样子,太可怕了。"

"那么,你教教他们吧,堂姐。你代表我行使权力。"

"我试试吧,可别抱太大希望。"奥菲利亚小姐摇摇头说。

傍晚时分,奥菲利亚小姐正在厨房里整理东西,这时几个黑孩子喊道:"蒲露来了!蒲露来了!"

一个头顶面包篮子的黑女人走了进来,她又高又瘦,面色蜡黄,眼睛里似乎藏着无尽的悲戚和忧郁。

"蒲露,你来了。"黛娜说。

蒲露放下篮子,蹲在地上闷声闷气地说:"啊,我真想去死,再也不想过这种不是人过的日子了。"

"你有什么想不通的事吗?"奥菲利亚小姐问。

"那我就解脱了。"她的眼睛低垂着,粗声粗气地说。

"你不喝那么多酒不行吗?蒲露?"一个年纪很轻的小女仆闻着蒲露的酒味儿说。

"到了我这个年纪你就知道了,那时候你也会和我一样,用酒来打发日子。"

"蒲露,把烤好的面包拿出来给奥菲利亚小姐看看吧,她会给你钱的。"黛娜说。

奥菲利亚小姐买了两打小餐券,黛娜拿出点券交给蒲露。蒲露的主人就查验点券和面包是否相符,如果蒲露偷了买面包的钱,就会遭受严刑拷打。

"你别再偷钱了,蒲露。"奥菲利亚小姐好心地提醒道。

"不会的,但为了忘掉精神和肉体的双重痛苦,我只有喝酒……"

说完蒲露摇摇摆摆地站起来,走出门外。

汤姆叔叔看到可怜的蒲露,心里很不安,就尾随着她走了出来。他看到她继续朝前走着,不时发出压抑的呻吟声,终于她把篮子放在一块大石头上,开始喘息。

"我来给你拿一段吧。"汤姆叔叔同情地说。

"不,我用不着别人帮忙。"

"你病了,还是出了什么事?"

"我没有病。"蒲露说。

"我想劝你,"汤姆叔叔诚恳地说,"不要喝酒了,不然,会把自己毁掉的。"

"那又有什么关系?我反正没人爱也没人疼的,我巴不得早点死。"

汤姆叔叔默默地看着这可怜的女人,很久说不出话来。

"上帝啊,救救这个可怜的女人吧!你难道就没有听到过耶稣基督的名字吗?"

"耶稣基督——他是什么人?"

"他就是主啊!"汤姆说,"可是,难道没有人讲过救世主耶稣,为了爱我们这些罪人为我们而死的吗?"

"没有听说过,"蒲露说,"我的老头子死了以后,再也没有谁爱过我。"

"你是在哪儿长大的?"

"在肯塔基州。有个男人养着我给他生的孩子,孩子稍大一点就给卖掉了;最后他把我也卖给了一个奴隶贩子,我的主人又从奴隶贩子那儿买下了我。"

"你为什么会养成喝酒的习惯呢?"

"我到主人家以后,又生了一个孩子。当时,这孩子胖嘟嘟的,可好玩了。他有亮亮的黑眼睛,有挺直的鼻梁,有厚厚的小嘴,又聪明又活泼,不仅我喜欢,太太也喜欢。可是不久,太太得了病,我跑前跑后地照顾她,自己也染上了病,我的奶水没有了,又没有钱买奶粉,孩子瘦得皮包骨头。太太也不管,还说什么东西都能喂孩子。可孩子不吃,整天只知道哭,太太讨厌他,不让我晚上带孩子,我只好把孩子放在阁楼上,孩子一直哭个不停,最后……就哭死了。"说到伤心处,蒲露不禁号啕大哭起来。

"从那时候起,我就开始喝酒,想忘掉那个孩子的哭声。"

"真可怜,可是上帝还是爱着你的呀!你死了一样可以上天堂啊!"

"我只想早一点脱离这苦海,离开主人家。"说完,蒲露把篮子放在头上,然后摇晃着走下小山坡。

汤姆叔叔心情沉重地回到家,走到后院时,伊娃跑了过来。

"汤姆叔叔,我可找到你了,爸爸说,你可以把小马套上,带我坐我的新马车去兜风。你怎么不高兴啊?有人欺负你了吗?"

"我很难过,伊娃小姐。"汤姆忧郁地说,"我这就给你去套马车。"

"可是你得告诉我你怎么啦? 有人说你跟那个老蒲露在一起。"

汤姆叔叔叹了一口气,简单地把那女人的遭遇告诉了伊娃。伊娃坐在那里,久久地没有说话,眼睛里有泪花闪闪。

"不用套车了,汤姆叔叔。"伊娃说。

"怎么啦,小姐?"

"这种事使我难过,汤姆叔叔,我不想去了。"

两三天后,一个小女孩代替蒲露送来了甜面包干。

"咦,蒲露呢? 她到哪儿去了?"黛娜问。

"她以后不会来了。"那女孩说。

"她该不会是死了吧?"

奥菲利亚小姐买下甜面包干后,黛娜跟着那女孩走到门口,悄声问:"蒲露到底怎么啦?"

女孩支支吾吾,想说又有些不敢说,最后像是下了很大的决心:"你可不许告诉别人哟! 前天,蒲露又喝醉了,他们就把她关在地窖里,关了一整天,然后她就死了——听说身上爬满了苍蝇。"

"哦——真可怜!"黛娜一转身,看见伊娃满脸苍白地站在那里,嘴唇一点血色都没有。

"伊娃小姐,你不会晕倒吧? 这样的话真不该让你听见。"

"我不会晕倒的,黛娜,"伊娃镇定地说,"比起蒲露受的罪,我听听算什么?"伊娃仿佛受了刺激,忧郁地上楼去了。

奥菲利亚小姐听到这件事后,非常气愤,她走到克莱尔先生身边大声说:"真是太可恶,太不像话了,克莱尔。"

"又是谁惹你生气了啊,堂姐?"

"可怜的蒲露被人用皮鞭打死了!"

"这是意料之中的事。"克莱尔先生继续看他的报纸,好像这一切与他无关。

"克莱尔,你怎么这样冷漠啊? 你难道不能找什么市镇委员会或别的什么人来干预一下？"

"可是他们毁坏自己的财产，我有什么办法呢？况且，那女人既是醉鬼又是小偷，没人同情她的。"

"我不赞成你的看法，更不会把眼睛闭上，或是把耳朵塞起来。"

"你要说的，我也了解。可是我总不能把所有的奴隶都买来呀。只要这种制度存在，就天天会有事情发生。堂姐啊，我能有什么办法，我的心不也跟你一样痛苦吗？好了，喝午茶的铃声响了，我们走吧！"

在茶桌上，玛丽提起蒲露的事，她说，"堂姐，你会觉得我们都是野蛮人吧。"

"我觉得这件事很野蛮，"奥菲利亚小姐说，"但是我不能一概而论。"

"我一点也不同情黑人，因为他们太坏了，有些黑人，无论你多严厉都不能驯服他们。我父亲有一个黑奴，为了逃避干活总是逃跑，每次抓回来都挨鞭子，可他还是要跑，最后死在沼泽里。其实，没有必要跑，我父亲对黑奴一向很好的。"

"我倒是驯服过一个黑奴，但不是用鞭子。"圣·克莱尔先生说。

"你？我很想知道你什么时候干过这样的事！"玛丽说。

"那是一个身材高大、力大无比的黑人，简直就是一头猛狮。人们叫他西皮奥。阿尔佛雷德买下了他，以为自己能治得了他。可有一天，他被他打翻在地，逃进了沼泽地。我跟他说那只能怪他自己，我还跟他打赌说我能治得了他。于是，大家就带着狗去追他。"

"他左右开弓跟猎狗展开搏斗，谁知三条狗都被他打死了。这时，一粒子弹打中了他，他就倒在我的脚边。那家伙用夹带着勇气和绝望的眼睛看着我。我挡住了要杀死他的人，然后又费了很大的力气，才把他从那群被胜利冲昏头脑的人手里抢过来。我坚持按协定办事，于是，阿尔佛雷德把他卖给了我。我把他带回来，亲自对付他，只用了半个月时间就把他驯服了。"

"你用了什么高招呢？克莱尔。"玛丽说。

"很简单,我用的是以心换心的爱的教育。我让仆人给他准备了一张舒服的床,亲自给他包扎伤口,亲自照料他,直到他康复为止。我给他写了自由证明书,告诉他随便到什么地方去都可以。"

"他走了吗?"奥菲利亚小姐问。

"没有,他坚决不走,并把证明书撕成了两半。我从来没有见过比他更勇敢、更忠实的仆人了。最后,他信了基督,变得像孩子一样温驯。我是在第一次霍乱流行的时候失去他的,事实上他是为我而死的。当时我病得快不行了,人们一片恐慌,都跑了,只有西皮奥护理我,才让我活了下来。可怜的西皮奥,紧接着传染了霍乱,什么办法也没能挽救他。他死了,我伤心了很久很久……"

"爸爸——"伊娃听完故事,抱着爸爸的脖子"哇"的一声哭了。

"孩子太爱激动了,不应该听这种故事。"克莱尔说。

"不,爸爸,我只是觉得这种事已经渗透到我的灵魂里去了,所以我抑制不住。"

"你这话是什么意思?伊娃。"

"我说不清楚,爸爸。"

"那就别说了,吃桃吧,你看这桃多大啊!"

伊娃接过桃子,笑了,尽管这笑还带着泪痕。

一会儿,游廊上传来父女俩开心的追逐和快活的笑声。

"啊!汤姆叔叔,你在画什么东西呀?"伊娃像小鸟一样飞到汤姆叔叔的肩头,探寻地问。

"我在给我可怜的克洛和孩子们写信。"汤姆叔叔不好意思地说,"可是,我写不好。"

"但愿我能帮助你,汤姆叔叔。去年我学过写字,不过也忘得差不多了。"

两个脑袋挨在一起,严肃认真地讨论起来。可是,两个人都从未写过信,没有这方面的经验。经过长时间的商讨、斟酌,看上去有点像样子的时候,两个人都不免高兴起来。

"啊,汤姆叔叔,"伊娃看着所写的东西,兴奋地说,"你多了不起,能够写信了!你的妻子和孩子看到了还不知有多高兴呢!唉,把你们分开,真太不像话了,我以后一定要请求爸爸让你回家去。"

"太太说过了,一有钱就把我赎回家去。"汤姆叔叔说,"乔治少爷说过要来接我,他还给了我这块银圆做信物,我想他是不会食言的。"汤姆叔叔从衣服下面把珍贵的银圆拿了出来。

"我真高兴,汤姆叔叔。"伊娃说,"那他一定会来的!"

"所以我要写信告诉他们,好让他们知道我在哪里。我来的时候,你不知道我那可怜的女人哭得有多惨。"

"嗨,汤姆。"门口传来克莱尔的声音,两个人都吓了一大跳。

"你们在干什么?"克莱尔不解地看着石板问。

"汤姆叔叔在写信,我在帮他呢。"伊娃说,"挺好的是吧,爸爸?"

"我可不会扫你们俩的兴。"圣·克莱尔说,"不过,最好还是我来帮你写这封信,等我骑马回来后再帮你写。"

"你真是好爸爸!"伊娃踮起脚来在爸爸脸上亲了一口。

"这封信特别重要,"伊娃说,"他的女主人要寄钱来赎他呢。"

"是吗?"克莱尔说。他想,那肯定是一种无谓的安慰罢了。

克莱尔先生骑马回来后,果然按照应有的格式把信写好,然后安全地送到邮局。

托 普 西

不知父母是谁的托普西,被克莱尔当作礼物送给了奥菲利亚小姐。尽管她在此受到了很好的照顾,可是,谁又能抹掉她幼小的心灵里被深深打下了的奴隶的烙印呢?

一天早晨,奥菲利亚小姐正在楼上做针线活,楼下突然传来了克莱尔的叫声。

"堂姐,你下来,我送一样东西给你!"

"什么东西?"

"你看!"说着,克莱尔突然从身后拉出一个七八岁的小女孩。

小女孩的皮肤黑黝黝的,眼睛像玻璃珠子一样闪着光,可她的牙齿却白得耀眼。她那一头乌黑亮丽的鬈发,编着无数的小辫子,朝四面八方呈放射形地翘起,活像一只大刺猬。她脸上的表情是精明和狡猾的古怪混合,细看之下,又好像掩盖着难以言喻的忧伤。

她穿着一件肮脏、破烂的衣服,双手拘谨地握在身前,装出一副很乖巧的样子。

奥菲利亚小姐吓得目瞪口呆,克莱尔先生却轻松地对小女孩说:"这是你的新主人,托普西,你得乖乖地听话。"

"是的,老爷。"托普西一本正经地回答,眼睛却调皮地到处转动。

"你这是什么意思?你嫌我忙得还不够吗?哪有时间管教她?"奥菲利亚小姐气呼呼地说。

"我只是想抓个样品给你做做实验,要是你不管她,谁还能管她呢?"

"你这个人呀,就会给我添乱。"

奥菲利亚小姐叹了一口气,然后,走到托普西的身边,尽量装出温柔和善的样子,把她带到厨房。

"先生怎么又买了这么个小女孩来呢?"

"脏兮兮的,真讨厌。"

看来,没有一个人愿意给她洗澡。奥菲利亚小姐只好亲自动手。

可为她洗澡时,发现她的肩上、背上到处都是长长的鞭痕和硬结的伤疤,一种怜悯之情不禁油然而生。

奥菲利亚小姐为托普西洗完澡,给她穿上漂亮的衣服,然后又剪短了头发,她满意地看着自己的作品,一个计划在心里产生了。

"托普西,你今年几岁了?"

"我不知道,夫人。"

"你不知道自己几岁了?你的妈妈呢?"

"我没有妈妈。"

"你在哪里出生的?"

"我不知道。"

托普西咧着嘴笑着,那样子真像一个小妖怪。

"托普西,你知道你的父母是谁吗?"奥菲利亚小姐耐心地问。

"我没有父母。"

"你以前在主人家里干什么?"

"打水、洗碗碟、擦刀子,侍候人。"

"他们对你好吗?"

"还可以吧。"托普西狡黠地看了奥菲利亚小姐一眼。

"堂姐,这是一片处女地,种下你的思想吧,你会发现收获很大的。"克莱尔先生一本正经地说。

第二天一早,奥菲利亚小姐把托普西带到自己的卧室里,开始教她铺床的方法。

"你可要好好学习啊,托普西。"

"是的,夫人。"

"好,你看着,这是床单的边,这边是正面,这边是反面,你记住了吗?"

"记住了,夫人。"她叹了一口气,一副愁眉苦脸的样子。

托普西很聪明,什么东西一学就会,她很快就掌握了要领,拉平床单,抚平每一道褶皱。可一不小心,在她刚要整理完床铺时,从她的袖口里飘出一条红色的丝带。

"咦,这是什么?哪儿来的?"

奥菲利亚小姐拉出丝带。

"啊,怎么搞的!谁的丝带跑到我袖口里来了?"

"托普西,你说实话,什么时候偷的?"

"夫人,我没有偷,打死我也没有偷。"托普西坚决不承认。

奥菲利亚小姐气急了,抓住她的小身体用力地摇晃,结果,又摇出一只手套来。

"这是什么?你要是不承认,就用鞭子打你。"

托普西终于承认她偷了丝带和手套。

"那你说,还偷了什么东西,快告诉我。"

"我还偷了伊娃小姐脖子上那串红色的东西。"

"说,还偷了什么?"

"我拿了罗莎的耳环,那副红色的耳环。"

"去把两样东西拿出来,马上拿出来。"

"可是,夫人,我没法儿拿出来了,我把它们烧掉了。"

"你为什么烧掉它们呢?"奥菲利亚小姐问。

"因为我坏呀,所以不知不觉就这么做了。"

正在这时,伊娃走了进来,脖子上戴着那串红珊瑚项链。

"伊娃,你的项链哪儿找到的?"奥菲利亚小姐问道。

"我一直戴着啊,昨晚,我睡的时候还忘了摘下来呢。"

奥菲利亚小姐气得两眼发直。

"告诉我,托普西,到底怎么回事?"奥菲利亚小姐感到一种被愚弄的难堪,她瞪着眼睛质问托普西。

"夫人,你不是叫我说实话吗?可我想不出其他可说的东西,只好……"

"可是我也没要你说假话呀。"奥菲利亚小姐无可奈何地说。

伊娃站在门口,以一种怜悯的目光看着托普西。于是,奥菲利亚小姐把托普西偷盗的事告诉了伊娃。

"可怜的托普西,你为什么要偷呢,你要什么东西,我情愿送给你,以后不要再偷了,好吗?"

托普西从来没有听过这样充满关怀的话,她一时竟有些不知所措,她的眼睛里闪着泪花,一瞬间的感动之后,她觉得这完全是滑稽可笑的事,根本不可能发生在她身上的。

对奥菲利亚小姐来说,怎样教育托普西几乎成了难题。于是,她只好用传统的方式,把她关进小黑屋里,以便她有时间来想一想怎么改造她。

不管怎样,托普西是一个聪明灵活的孩子,她的识字能力特别强,教过之后,她很快就会念。但缝纫方面就不行了。因为她是一个好动的孩子,小脑袋里时时刻刻装满各种各样意想不到的幻想,同时,也想着捉弄人的鬼点子。因此,奥菲利亚小姐很不放心,随时把她带在身边,严加防范。

在克莱尔先生的家里,托普西很快就成了焦点人物,她的各种各样的逗乐,做鬼脸、模仿、跳舞、翻跟斗、爬高、唱歌、吹口哨等,她一学就会,简直是天才。

伊娃与托普西很投缘,而且成了非常要好的朋友,两个人整日形影不离。但是,奥菲利亚小姐非常担心伊娃会变坏。

"她教不坏伊娃的,坏习气落在伊娃的心上,就像露珠落在菜叶上,一滴不沾全滚掉了。"

"别那么自信,要是我的孩子我决不让她们一起玩。"

"没关系的。"克莱尔说。

托普西的手出奇的灵巧,她什么事只要做一两次,就做得非常好,就连挑剔的奥菲利亚小姐也挑不出毛病来。可是,她的顽皮习性丝毫未改。一旦奥菲利亚小姐稍微不注意,她就会闹得天翻地覆、鸡犬不宁。

有一天,奥菲利亚小姐发现托普西把她心爱的披肩当头巾缠在头上,正得意地揽镜自照。

"托普西,你干什么?"

"啊,对不起,小姐,我闹着玩呢!"托普西两只乌黑的大眼睛滴溜溜直转。

"你为什么要这样呢?"奥菲利亚小姐生气地说。

"我坏,我不是人。"托普西低垂着眼睛可怜巴巴地说。

"唉,真不知拿你怎么办,托普西。"

"你打我吧,一打我,你的气就消了。"

"我不想打你。其实,你是个很聪明的孩子,你为什么就不能听话一点呢?"

"小姐,我挨打挨惯了,你就打我吧。"

奥菲利亚小姐试过这个法子,可她总是呼天抢地地求饶。但过不了半小时,她又会对她的那些小崇拜者吹嘘:"奥菲利亚小姐打人一点也不痛,就像跟蚊子咬一样。我原来的那个主人,打起人来真叫血肉横飞,那才叫打人呢。"说着一个筋斗翻到更高的地方,做一个怪模怪样的鬼脸,那样子,仿佛做了什么了不得的事一样的欢欣鼓舞。

不过,每逢星期日,奥菲利亚小姐教她读《圣经》,她总是耳熟能详,不费吹灰之力就能很好地复述出来,这令奥菲利亚小姐很受鼓舞。尽管托普西对《圣经》的真正含义还不理解,但是她想,终有一天她会明白的。

故乡的消息

被卖到克莱尔家的汤姆叔叔,虽然在主人家过得很好,活儿也不重,可思家的情绪就像毒蛇一样撕咬着他的心……

克莱尔先生代汤姆叔叔写的信,很快就到了克洛婶婶的手上。

"你知道吗?汤姆来信了,好像被卖到一个很不错的人家。"谢尔比夫人对丈夫说。

"是吗?那我太高兴了。汤姆好吗?"

"他很好,主人对他好,活儿也不多。"

"那就好了,就让他在那边安安稳稳地过日子吧,他肯定不想回来了。"

"刚好相反,"谢尔比夫人说,"他还焦急地问什么时候有钱赎他回来。"

"我可真不知道,买卖一天不如一天,要债的整天地围着打转,我连抽口雪茄的时间都没有啊!"谢尔比先生紧锁着眉头沉重地说。

"我们总得遵守诺言,不能让他失望啊。要不,我在家里收几个学生,教他们音乐,这样总能赚几个钱。"

"我不同意,我决不能让女人来养家糊口,这降低身份。"

"降低身份?难道比食言于人更降低身份吗?"

这时,克洛婶婶出现在门口。

"夫人,请您来一下。"

"什么事?克洛,你进来说吧!"

"夫人、老爷,我知道你们为钱操心,让我出去做事吧,听山姆说在路易斯维尔有家糕点店,要找个做糕点的好手,一个星期给四块钱呢。"

"那怎么行,孩子们怎么办呢?"谢尔比夫人不放心地问。

"孩子们都可以自己照顾自己。至于小娃娃,利莎给我带呢。而且,那里离汤姆也近一点。"

"克洛,你工作的地方离汤姆有几百公里远呢。"谢尔比太太说。

克洛听夫人这么说,脸色立即暗淡起来。

"别伤心,克洛。你到那里,总比这里离汤姆近些,好,你去吧,你赚的钱我会给你存起来,到时候去赎你的丈夫。"

克洛婶婶的脸上立刻明亮起来。

"啊,夫人,真是太好了!我什么都可以不买,把钱全攒起来。夫人,一年有多少个星期呀?"

"五十二个星期。"

"每个星期四块钱,那一年……"

"一年二百八十块钱,克洛。"夫人说。

"哎呀!"克洛高兴地问,"我要多久才能凑够这笔钱,夫人?"

"可能要花好几年时间,不过,克洛你放心,我也会补贴一些的。"

"不过,夫人,你不用去工作,我会干得很好的。你还是听老爷的吧。"

"好的,克洛,我知道了,你什么时候动身?"

"如果您同意,明天就可以动身,夫人您最好给我开个证明,或写个推荐信什么的。"

"那好吧,你去准备一下。"

克洛婶婶非常高兴,乐颠颠地回家去准备了。

"乔治少爷,你来了,你还不知道吧,我明天就要到路易斯维尔去了。"克洛婶婶忙不迭地对走进门来的乔治少爷说。

"是吗?"

故乡的消息

"一个星期要挣四块美金,夫人说了,把它存起来,到时候去赎我老头子呢。"

"真的吗?那可是天大的好事。你怎么去呢?"

"明天跟山姆一起走。乔治少爷,请你写信把这个好消息告诉汤姆叔叔吧。"

"好啊,汤姆叔叔一定会高兴得不得了。我还要告诉他,我们家有小马驹了。"

"少爷,拜托你了。"

小乔治回到屋里,铺开纸和笔,就开始给汤姆叔叔写信。

预　感

啊！假如我有黎明的翅膀，
我将飞往迦南岸，
光明的天使将带我回家，
带我到新耶路撒冷我的家乡。

汤姆叔叔收到小主人乔治的信以后，高兴得不得了。那是一封字迹工整、充满感情的信，叙述的虽然是肯塔基州老家的琐事，却让汤姆叔叔倍感亲切。家乡的消息，就像一杯醉人的美酒，那样深深地吸引着汤姆叔叔的目光。汤姆叔叔一遍一遍地读着信，不可遏制的思念像潮水一样向他涌来，他把头深深地埋在臂弯里，像孩子一样地哭了。

春去秋来，一转眼已是两年过去。

随着伊娃一天天长大，汤姆叔叔和伊娃之间的感情越来越深。他既把她当一个最柔弱的孩子来看待，又把她当一个纯洁的天使来崇拜。他把对自己孩子所有的感情全部寄托在她的身上。他最大的乐趣就是让她开心、让她快乐，给她意想不到的惊喜，满足她各种天真烂漫的孩子的幻想。有时候是一束鲜花，有时候是一个奇怪的花环，甚至是一片羽毛，一片特殊的树叶，一只桃子或是一只橘子。好多时候，汤姆叔叔从外面回来，大老远就看见她在大门口，探出快活的小脑袋，听见她孩子气地喊："汤姆叔叔，给我带好东西来了吗？"

伊娃给汤姆叔叔最好的回报，就是为他朗读《圣经》。她的音色优美，富有灵气，而且对一切高尚的事物有着本能的共鸣。汤姆叔叔听得如痴如醉。开始,她只是为了让汤姆叔叔高兴,可后来她渐渐地为之着迷并深受感染,她小小的心灵中,充满了奇特的渴望和强烈的感情。

《圣经》中她最喜欢的部分是《启示录》和先知们的预言书。其中那模糊奇妙的意象和炽烈热情的语言给她的印象特别深刻,使她极想弄明白它们的意义,可都是白费力气。她和她那单纯的朋友汤姆叔叔都有这种感觉。他们只知道里面讲的是即将展示的天国的景象,是一个即将到来的奇妙的世界,他们的灵魂为此而喜悦。然而,他们却不知道这是为什么,但是在精神科学上不能理解的事物,不一定都是没有益处的,尽管在科学上不一定如此。因为当灵魂苏醒时,她是颤抖着在一个陌生的地方醒来,处于两个朦胧的永恒——永恒的过去与永恒的未来——之间,光明只照亮她周围的一小片地方,因此,她必然向往那未知世界,从模糊的灵感支柱处,传来的声音和隐隐的活动在她期待的心灵中全都找到了回应和呼应。那神秘的意象都如许许多多刻有不为人知的象形文字的护符和珍宝;她将这一切珍藏在心,期待着当她脱离了无知境界后能够理解它们。

当夏季来临,克莱尔一家离开火炉般的新奥尔良,来到凉爽的庞恰雷恩湖畔的别墅避暑。

这是一幢东印度风格的别墅,周围是轻巧的竹回廊,四面都通花园和游乐场所。共用的大客厅通向一个大花园,园中奇花异草散发着芳香,弯曲的小径蜿蜒到湖边。

正是日落时分,金色的夕阳把天边染得通红,将湖水映成了另外一片天空。湖面上波光粼粼,白帆点点,一尾白色的鱼儿跃出水面,在阳光下呈莹莹一片亮色。

汤姆叔叔和伊娃坐在湖边的秋千架上,《圣经》摊开在她的膝头,她抬起头来眺望着远处的湖水,突然她惊奇地发现:"我看见一片玻璃之海,交杂着火光。啊!汤姆叔叔,你看,不就在那儿吗?"

"什么,伊娃小姐?"

"那不是吗,在那儿!"她指着玻璃般的湖面说,轻轻的湖水映照出天空金红的光辉。"那就是'玻璃之海,夹杂着火光'。"

"是真的!是真的,伊娃小姐,你的领悟力真强。"汤姆叔叔孩子般跳起来。

啊!假如我有黎明的翅膀,
我将飞往迦南岸,
光明的天使将带我回家,
带我到新耶路撒冷我的家乡。

汤姆叔叔轻轻地唱了起来。他是那种典型的男中音,柔和,圆润,富有磁性。那歌声仿佛不是从胸腔里发出来的,而是从灵魂深处汩汩流出来的,那是一种天籁般的声音。

"汤姆叔叔,新耶路撒冷在什么地方?"

"啊,在云彩上面,伊娃小姐。"

"那么我看见它了。"伊娃说,"你看那些云彩里面!多像些珍珠的大门,你可以看到里面去,很远很远的地方,全是金黄色的。汤姆叔叔,唱《光明天使》吧。"

汤姆唱起了那首有名的赞美诗:

我看见一群光明天使,
在天国享受着荣光,
她们身穿纤尘不染的白袍,
手执表示胜利的棕榈枝。

"汤姆叔叔,我看见过她们。"

汤姆叔叔对此一点也不怀疑,就是伊娃告诉他到过天堂,他也不会发表异议。

"这些天使时常到我的梦里来的。"伊娃眼中流露出梦幻般的神情,她开始低低地唱了起来:

她们身穿纤尘不染的白袍,
手执表示胜利的棕榈枝。

"汤姆叔叔,"伊娃说,"我要到那儿去了。"

"到哪儿去,伊娃小姐?"

伊娃站起来,小手指了指天空。晚霞带着神秘的光辉照亮了她金色的头发和通红的面颊,她双眼热切地凝视着天空。

"我要到那儿去。"她说,"到光明天使那儿去,汤姆叔叔,我不久就要去了。"

汤姆叔叔的内心,一阵尖锐的疼痛。最近半年来,他总觉得伊娃的小手越来越纤细,脸色也由红润转为苍白,有时呼吸急迫。过去在花园里跑几个小时都没事,可现在一下就累了,而且还经常发着烧。汤姆叔叔的心里有一种不祥的预感。

"伊娃,伊娃,外面有露水,你快进来呀!"

汤姆叔叔带着伊娃匆匆地走进屋里。

已近中年的奥菲利亚小姐,早把这一切看在眼里,她也深知这种病,一旦染上就注定了死亡的命运。那轻微的干咳,日益发红的双颊;那波光粼粼的眼睛和发虚的兴奋,只能加速生命的过早消亡。

她试着把自己的担心告诉克莱尔,可是他却很不耐烦地顶了回去,而且态度很粗暴。

"孩子长身体的时候总是这样,别胡思乱想了。"

"可她老是那么干咳啊!"

"那又有什么!或许她着了凉啊!"

"可那些老奶娘都是那么死的啊!"

"你只要好好地照顾她就行了,别让她吹风、受凉,也不要让她玩得太累,她就会慢慢好起来的。"

其实,他嘴里这么说,心里早就焦躁不安了。他总是安慰自己说这孩子没病,可他看着孩子一天天地消瘦,心里早已痛得不行。他甚至一整天一整天地跟她在一起,带她去兜风,给她买新马车,隔三岔五给她带些药回来吃,还美其名曰:"孩子不一定需要,但吃了没坏处。"他早已知道结果,只是不敢承认罢了。

有时候,他看孩子日益成熟起来的思想感情,看到她在不知不觉中说出来的那些深奥的语言,那奇特而超凡的智慧,听起来就像是神灵的启示,他不禁感到身上一阵阵发冷。他的心中只有一个愿望,那就是一定要留住她,决不能让她离他而去。

尽管病得厉害,伊娃仍然喜欢跟托普西和其他黑孩子一起玩,但更多的是站在一边看他们玩。有时候,她的思想好像游移开来,停留在一个不可知的遥远的地方。

有一天,伊娃突然问玛丽夫人:

"妈妈,你为什么不教那些佣人读《圣经》呢?"

"你怎么问这个问题呢?没有人这么做啊!即使他们看了《圣经》又有什么用呢?"

"那奥菲利亚姑姑不是教托普西读《圣经》吗?"

"不错,那又有什么好处呢?托普西是我看到过的最坏的孩子。"

"还有可怜的奶娘呢,要是我不在了,谁念给她听呢?"

"伊娃,以后,你会有很多事情要做,到时候你就顾不上那些了。你看!"她又说,"等你进入社交界,我就把这些首饰珠宝送给你。我就是戴着它们参加第一个舞会的,还引起了轰动呢。"

"是吗?妈妈。"伊娃接过首饰盒,打开一看,里面全是金光闪闪的珠宝。她从里面拿出一条钻石项链,静静地端详着,一个计划在心中酝酿着。

"又想什么呢,伊娃?"

"妈妈,这很贵吧?"

"是啊！那可是你爷爷从法国带来的,这些还只是其中的一部分呢。"

"我真的很喜欢它。我可以做很多事呢。"

"你想做什么呀?"

"我想把它卖了,然后,在奴隶可以自由活动的州买一块很大的土地,把我们家的奴隶都带到那里去,请老师教他们读书写字……"

听到伊娃天真的想法,玛丽夫人不禁笑了起来。

"你要开技术学校啊？你大概也要教他们弹钢琴、画画吧?"

玛丽夫人的语气里充满了不屑和嘲讽。

"我要使那些奴隶读《圣经》,或是自己写信、看信。妈妈,他们不会这些多痛苦呀！汤姆叔叔和奶娘一定要有人教他们才行。"伊娃很坚决地说。

"好了,好了,伊娃,你还是个孩子,什么都不懂。我听你说话,头都痛了。"玛丽夫人只要面对不喜欢的话题,就会以头痛为借口来结束谈话。

伊娃悄悄地离开母亲的房间,然后在厨房找奶娘,像平常一样,很有耐心地教她读《圣经》。

表 兄

圣·克莱尔的孪生兄弟阿尔佛雷德,带着他十二岁的儿子亨利克来湖边别墅度假。

两个孩子一见面,双方都被深深地吸引住了。一个风姿绰约,如仙女般轻盈飘逸;一个精力充沛,如王子般洒脱豪迈。他们相邀着骑马奔驰,去挥洒少年时代梦幻般的激情。

伊娃有一匹漂亮的小白马,浑身雪白,既温顺又安静。此刻,它正立在伊娃的身边,不安地踢着蹄子。

一个十二三岁的混血小男孩,牵着一匹黑色的阿拉伯种小马走了过来。这匹马是从国外花高价专为亨利克买来的。

这匹新得到的小马,使他感到一种男孩子的骄傲。可当他看到自己的小马时,脸色突然阴沉下来,大声地斥责混血少年:"多多,你这个懒鬼,你为什么没有把我的马刷干净?"

"我用心地刷了,"多多恭顺地说,"可它自己又弄上土了。"

"哼!你还狡辩!"亨利克举起鞭子没头没脑地抽下来,多多被抽得乱窜。

其实,多多是个跟亨利克差不多大小、漂亮的黑白混血儿,有着亮晶晶的黑眼睛,聪慧宽阔的前额。他一边躲闪劈头盖脸的鞭子,一边为自己辩护:"少爷——"

亨利克少爷十分凶残地抓住他的胳膊,并强迫他跪在地上,用鞭子抽他的脸,直到自己喘不过气来。

"我得让你记住,谁是主人,谁是奴仆,看你以后还敢不敢顶嘴。还不把马牵回去刷干净!"

"少爷,"汤姆说,"多多刚才为它洗过澡了,可这马精神太好了,非要到地上打滚不可。"

"滚一边去,轮不到你说话。"亨利克走上台阶,去和伊娃说话。可伊娃涨红了脸站在那里,爱理不理。

"怎么啦!堂妹,你好像不高兴?"

"你真残忍!你怎么能那样凶狠地对待多多?"

"残忍——凶狠!"亨利克少爷有些摸不着头脑,"什么意思,亲爱的伊娃?"

"你别这么叫我!"伊娃说。

"啊,你是为了多多吗?他可是一个又刁钻又古怪的家伙,不这么打他不行。"

"汤姆叔叔都说了,多多为马洗过澡了,他可是从不说假话的。你如果时常打他,说不定他以后会因为害怕而说假话的。"

"是吗?我以后不当着你的面打他就行了。"

伊娃觉得要说服这位堂兄那简直是白费力气。

这时,多多已把马重新洗好,牵到庭院里来了。

"哟,多多,这次洗得可干净了。现在你去拉伊娃小姐的马吧。"

多多站在伊娃的小马旁边,神情木然,脸上还有刚刚哭过的泪痕。亨利克把伊娃扶上马,理好缰绳,然后殷勤地放在她的手里。

伊娃坐在马背上,身子弯向多多站的地方,当多多伸手放开缰绳时说:"多多,谢谢你,好孩子。"

多多的脸涨得通红,他看着那娟秀的背影,眼里盈满了泪水。

"喂,多多。"亨利克傲慢地叫道。

多多忙按住马头,让亨利克上马。

"干得不错,多多,给你五分钱买糖吃吧。"亨利克扔了几个铜币给他。

亨利克策马追上伊娃,和她并排向前走去。

多多久久地凝视着他们的背影,直到消失在看不见的地方,一个是给他钱,一个是给他钱买不到的温柔话语。多多刚离开母亲不久,他的心正在痛苦中沉浮,一句温柔的话语,就足够让他铭记在心,永生难忘。

多多挨打的情形,圣·克莱尔兄弟俩在花园里的另一头看得清清楚楚。

"真没办法,亨利克一生气就像魔鬼一样……"阿尔佛雷德为儿子的行为解释道。

"但愿伊娃能够影响他。"克莱尔说。

"亨利克发起脾气来,什么人都不放在眼里。不过,我倒是觉得奇怪……亨利克用鞭子打多多,多多好像没有什么感觉似的,不反抗,也不逃避……"

"多多不过是做无言的抗议罢了。因为所有的人天生都是自由、平等的。"

"哼,这不是杰弗逊的名言吗?"阿尔佛雷德轻蔑地说。

"是啊!我也是这么认为的。"克莱尔不客气地强调说。

"事实上人类天生就是不平等的,你看现实生活就是如此。享有平等权利的是那些受过教育的,聪明、富有、有修养的人,而不是下等人。"

"我相信人人都是平等的。我相信那些被欺凌的奴隶,一定会起来反抗的……"

正在他俩争论不休的时候,游廊下响起嘚嘚的马蹄声。

"看,孩子们回来了!"克莱尔站起来对他的兄弟说。

"啊,克莱尔,你的宝贝真不得了,多么美丽迷人哪,有一天她会让所有的人发疯的!"

"会的,我知道。"克莱尔突然心酸地说,一面匆匆走上台阶,把她抱下马来。

"伊娃,我的宝贝,你没事吧?"

"没事,爸爸。"伊娃说,但她的急促呼吸使她的父亲惊恐万分。

"你怎么能骑那么快呢,你不知道你的身体不好吗?小傻瓜!"

"我很开心,爸爸,从未有过的开心!所以我忘了。"

克莱尔把她抱进客厅,放在宽大的沙发上躺下。

"亨利克,伊娃身体不好,你可要照顾她,不能让她骑快了。"

"我记住了,我会当心的。"说着,他握住伊娃的一只手。

躺了一会儿,伊娃觉得好多了。

她的父亲跟伯父在阳台上下棋,只剩下亨利克和伊娃在一起。

"伊娃,我明天就要走了,这一走又不知什么时候能够见到你。以后,我一定做到不乱发脾气,我会对多多好一点。其实,我对他也挺好的,他穿得也好,总的来说他的日子还是过得不错的。"

"要是你身边一个亲人也没有,你会感觉过得不错吗?"

"那当然不会。可那有什么办法呢,他是个奴隶呀。"

"奴隶也是人,亨利克。"伊娃说,"他也有思想感情,你为什么不试着爱他呢?"

"爱多多!怎么可能呢?他可是个佣人。你会爱一个佣人吗?"

"我爱的。《圣经》上不是说要爱一切人吗?"

"那只是说说而已,谁会照着去做呢?"亨利克说。

伊娃没有说话,她思索片刻,对她的堂哥说:"不管怎样,请你爱可怜的多多一点吧,我会为你祈祷的。"

"只要你高兴,让我爱谁都可以。伊娃,你是我见过的最可爱的人。"亨利克兴奋地说。

"谢谢你,亲爱的堂哥,但愿你能记住此话。"伊娃天真地说。

这时,晚餐的钟声响了。两个孩子站起来,手拉手地走向餐厅。

两天以后,亨利克父子俩离开别墅回家了。

伊娃不知是病情恶化,还是玩得太累了,她终于病倒在床上。她的父亲请来了医生。

玛丽根本就不知道伊娃的健康出了问题，她最关心的是她自己最近又发现了几种新的病。在这个世界上，受折磨最多、忍受痛苦最深重的就是她了。谁病得要想超过她，她是决不会答应的。

尽管奥菲利亚小姐有好多次想唤醒她做母亲的责任，但她总是用各种借口来搪塞。

"孩子活蹦乱跳的，会有什么病？不要有点头痛脑热的，就惯着她。"

"可是她老咳嗽，身体虚得很。"

"哎呀，我小的时候也是这样，没事的。"

"可她晚上老出虚汗。"

"这十多年来，我一直出虚汗，床单湿得可以拧出水来，伊娃根本没到我的地步。"

奥菲利亚小姐只好闭口不谈这件事，但现在医生请来了，玛丽却突然换了另外一副面孔。

"我早就知道我是个最不幸的母亲，你看，我身体这么糟，还要看着女儿比我先一步走进坟墓。哎呀，我真是太不幸了啊！"——玛丽凭着这个借口，不断地折腾佣人，夜里有事没事她都要把奶娘叫起来二十次以上。她还不断地摔东西、骂人，以发泄别人对她的不关心和不重视所产生的怒火。

"玛丽，你不该说这话。"克莱尔心痛地说，"伊娃只是身体出了点儿毛病，你为什么就要诅咒她呢！"

"克莱尔，你不了解一颗做母亲的心，你现在不理解，将来也不会理解。"

"可是，你不要说她的病一点儿指望也没有了啊！"克莱尔的心都要碎了，他强忍着泪水哽咽地说。

"我没有你那么冷漠，克莱尔，自己的女儿快要死了，你还无动于衷。我太痛苦了，我的打击太大了，我都快受不住了。"

"玛丽，你不要这样神经质好不好？她只是很虚弱，她玩得太累了,医生说还有治好的希望!"

"希望?你只看到乐观的一面。我要是像你那样就好了,我就不会有这么多痛苦了。"

玛丽以她新的不幸作为借口,变本加厉地折磨她身边的人。如果有谁的一句话,一个眼神,让她感到不对劲,她就会以此闹得死去活来,让人痛不欲生。伊娃也听到了一些话,她同情她的母亲,也因为自己给母亲造成这样的痛苦而难过。

两个星期以后,伊娃的病有所好转。伊娃又可以在花园里、在阳台上欢笑、玩耍了。克莱尔满心欢喜,他以为伊娃不久就可以康复了。只有奥菲利亚小姐和医生知道,这种病是常常以假象来蒙骗人的。当然,还有小伊娃自己也知道,她将不久于人世。只是令人奇怪的是,那么小的心灵,怎能承受如此的生命之重?是衰弱的身体所具有的神秘直觉,还是当永恒临近时灵魂的情不自禁的悸动?不管是什么吧,伊娃心里有着一种平静、美好、确定的预感,感到天国离她不远了。她心如夕阳的余晖那么平静,如明亮静谧的秋日那么美好。她小小的心灵十分安详,只有她对那些如此珍爱的人所感到的悲哀才扰乱了几分这种安详。

她最舍不得离开的是那些爱她的人和她爱的人。除此之外,她对死亡没有丝毫的遗憾。因为基督在她的心里,不再是一个遥远的、过去的形象和画面,而是变成了一个活生生的、无所不在的现实。他的爱超越了凡人的温柔体贴,紧紧地包围着她童稚的心;她说她正是去他那里,去他家里。

她为那些仆人难过,她一直想为他们做些什么,想改变他们的命运。可是,她的离去必定会带给他们忧伤。

"汤姆叔叔,"有一天,伊娃在给汤姆读《圣经》时说,"我能够理解基督为什么愿意为我们去死。"

"为什么,伊娃小姐?"

"因为我也有这种感觉。"

"什么感觉,伊娃小姐?——我不明白你的意思。"

"我看到那么多人不是失去孩子,就是失去父母,失去丈夫或是失去妻子,我的心里就特别难过。如果我的死,能够让他们结束这一切痛苦的话,汤姆叔叔,我真的愿意去为他们而死。"

"伊娃,我的小天使,你太善良了。"当她听见父亲叫她时,她便轻轻离去。汤姆叔叔望着她小小的背影泪流满面。

"留不住伊娃小姐了。"汤姆叔叔在遇见奶娘时对她说,"她的额头上打着上帝的印记呢!"

"是啊,她就不像个能活得长的孩子,她的眼睛里总有一种我们弄不明白的东西,现在很快就要成为现实了。"奶娘说着,眼泪就掉了下来。

黄昏时分,伊娃穿着白色的连衣裙,蹦蹦跳跳地上了游廊的台阶,向她的父亲跑来。夕阳的余晖,在她的身后形成了一个金色的光轮,给她的头发、双颊都镀上了一层美丽的金色。那模样,真像飞翔中的天使。世间有一种美,是极致的美,却又极其脆弱,令人惨不忍睹。在那一刻,克莱尔的泪水不禁汹涌而出,他一把将她紧紧地搂在怀里,久久地说不出话来。

"伊娃,你有没有感觉好一点?"

"爸爸……"

伊娃迟疑了一会儿,然后下定决心地说:

"我很早就想对你说,现在,趁我还好好的我跟你说了吧。"

伊娃在他的膝头上坐下来,克莱尔不禁浑身一抖。她把头靠在他的胸口上,开口说道:

"爸爸,现在不说也没有用了,到了我就要离开你的时候了。我要走了,再也不会回来了。"伊娃不禁呜咽起来。

"伊娃,我的宝贝,我的心肝。"圣·克莱尔浑身颤抖着,但仍用伪装出来的高兴的语调说,"你有点发烧,所以就胡思乱想,你很快就会好的。你看,爸爸给你买了一个小雕像。"

"爸爸,我知道,我的病一点也没有好起来。不久我就要走了,要不是舍不得爸爸和朋友们的话,我早就到天国去了。这里有太多可怕和伤心的事。可是,我又不愿离开你呀,爸爸!我的心都快要破碎了……"

"什么事使你难过伤心呢,伊娃?"

"每天,我看到那些可怜的奴隶,在那里受苦受难,我便心如刀绞。爸爸,你能不能想办法让他们自由呢?如果我死了,你就代替我对他们好一点。就像爸爸爱我一样,蒲露爱她的孩子,奶娘爱她的孩子,汤姆叔叔也爱他的孩子,你就让他们自由吧,让他们回家去,跟他们的孩子在一起。"

"伊娃,他们现在不也过得很好吗?"

"可是爸爸,要是你出了事怎么办?他们的命运一定很惨。阿尔佛雷德伯伯不像你,妈妈不像你,还不知他们要做出什么可怕的事来呢!"

"好孩子,只要你高兴,我什么都可以答应你。好了,不要伤心了,打起精神来!"

"爸爸,你是个非常好的爸爸,你又高尚又仁慈,你应该去说服别人走正确的路。我死了以后,为着想念我的缘故,你就去做,好吗?还有,你一定要答应我,只要我一走,你就给可怜的汤姆自由。"

"不要说这种话,我只有你一个孩子啊!"克莱尔动情地说。

"亲爱的爸爸,"孩子把滚烫的小脸紧贴在爸爸的脸上,"我真希望我们能一块儿走。"

"上哪儿去,宝贝?"圣·克莱尔问。

"去上帝那儿呀!那是一个宁静美好的地方,那里的人都相亲相爱,没有痛苦,没有纷争,爸爸,我到那儿等你,你一定要来哟!"

克莱尔没有回答,只是把她搂得更紧了。

"你以后会来找我吗,爸爸?"

"我会去找你的,我不会忘记你的。"

窗外是一片浓重的暮色,远处的田野里有苦蛙鸟的叫声。在凄清的夜里,显得越发的苍凉。克莱尔紧紧地搂着伊娃,轻轻地摇晃着,给她唱着儿时久远的歌谣,直到她进入沉沉的梦乡。

小福音使者

生命尚如神曦,已见死神相通。
从此生死两别,切莫悲恸哭泣。

这是一个礼拜天的下午,玛丽斜躺在一张沙发上,白色透明的薄纱帐子梦一般地罩着她,她手里装模作样地拿着一本装订精美的祈祷书,正在那里打瞌睡。

奥菲利亚小姐费了很大的劲,终于找到了一个美轮美奂的聚会所,让汤姆送她和伊娃去那儿做礼拜。

克莱尔正在游廊上看书,玛丽打了一会儿瞌睡之后起来说:"克莱尔,你得派人把城里的波塞大夫给我请来,我的心脏很不好,一定出了什么毛病。"

"给伊娃看病的这个大夫就不错,为什么要找他来呢?"

"我肯定得了什么大病了,我夜里睡不着,一直很痛苦。"

"玛丽,你别暗示自己得了这种病、那种病,其实,这对你很不好的。有时候暗示起着潜移默化的作用。"

"克莱尔——"玛丽尖刻地说,"我知道你一直不相信我有病,可是伊娃一声咳嗽你就吓得要死。她现在这个样子,难道不是对你的报应?"

克莱尔的血往上涌,他的脸色由红变得惨白,他哆嗦着点燃一支烟,猛吸了几口,然后对玛丽说:

"你如果觉得心脏病很惬意的话,那你就尽管得好了。"克莱尔说,

"很遗憾,我开始不知道你很需要它。"

"哼——"玛丽说,"我希望你以后别后悔,我早就疑心有心脏病,是对伊娃的担心和在她身上花费的精力使病情发展了。"

"是吗?那让你费心了!"克莱尔像个纨绔子弟一样地抽着雪茄,并把玩和欣赏着那吐出的烟圈。

一辆马车驶到游廊下,奥菲利亚小姐和伊娃她们回来了。

"爸爸!"伊娃听到克莱尔叫她,就赶紧走了过去,坐在他的腿上,把礼拜的情况讲给他听。

"到这里来!到主人这里来!"

从教堂回来的奥菲利亚小姐,走进自己的房间时,发现托普西把她最珍爱的花边,剪成一块块的给布娃娃做衣服了,她气得不得了,立即拖着托普西到主人面前来兴师问罪。

"哼!我早就说过了,"玛丽阴阳怪气地说,"对于黑鬼,唯一的办法就是狠狠地抽她一顿,直打得她皮开肉绽为止。"

"当然,"圣·克莱尔说,"女人掌权就是不一样,要不然,还不知要打死多少人呢!"

"克莱尔,你不要处处跟我作对,堂姐是一个有头脑的人,用不着你插嘴。"玛丽凶狠地说。

奥菲利亚小姐的火气虽然很大,但她的心还没有玛丽那么歹毒。听到玛丽这么说,她的火气似乎小了一些。

"无论托普西做什么坏事,我都不会这么做。但是,我真的一点办法也没有了。我的努力都白费了。她还是跟来的时候没什么两样。"

"托普西,你为什么要这样呢?"克莱尔先生严肃而耐心地对着嬉皮笑脸的托普西说。

"一定是我的心太坏了。我是个很坏的孩子……"托普西满不在乎地昂着头说。

"托普西,老爷在跟你说话呢,你怎么一点诚意也没有?"奥菲利亚小姐生气地说。

伊娃默默地看着这一切。这时,她做了个手势让托普西跟她走。在游廊尽头一间克莱尔做书房的小小的玻璃屋子里,伊娃拉着托普西的手走了进去。

"她们要干什么呢?"克莱尔和奥菲利亚小姐好奇地在外面观望。两个孩子坐在地板上,托普西仍是往常的那副满不在乎的模样,伊娃却整个脸激动得通红,眼里还饱含着泪水。

"是什么使你变得这么坏的,托普西?你为什么不做一个好孩子呢?"伊娃握着托普西的手温柔地说。

"做个好孩子?再好,也是个小黑人。如果能脱胎换骨做个白人的话,我倒很想试试。"

"黑人也是人哪!你为什么要这样自暴自弃呢?你虽然是个小黑人,但是每个人一样地喜欢你呀!你要做个好孩子的话,奥菲利亚姑姑会更疼爱你的呀!"

托普西扬起头,发出嘲弄的笑声。

"你不相信吗?"

"我并不这么想,伊娃小姐。因为没有人会爱一个黑人小孩的,可是我并不在乎。"

"托普西,我好爱你呢!你没有爸爸、没有妈妈,也没有朋友,而且受尽凌辱。我没有理由不爱你呀!我和你在一起的时间不多了,请你为了我的缘故,做个好孩子,好不好?"伊娃激动地说,并把苍白的小手放在托普西的肩膀上。

这一刻,托普西哭了。

一道真正爱的光芒,犹如闪电穿过曾经迷茫的心灵,在托普西的身上产生了怎样强烈的影响。她把头埋在两膝之间,痛哭流涕起来,而美丽的伊娃弯身向她,就像画中一个光明天使弯身感化一个罪人。

"啊,可怜的托普西,上帝一定会爱你的,也一定会帮助你做个好孩子。如果能做个好孩子,就能和白人一样,可以当天使。"

"亲爱的伊娃小姐,我愿意去试试,我愿意做一个好孩子!"

说着,两个孩子紧紧地拥抱在一起。

"看来,我没有做到的,伊娃做到了!"奥菲利亚小姐感慨地对克莱尔说。

"是啊,她是一个充满爱心的孩子!"

伊娃的死

> 她的生命是如此短暂,就像流星划过天际,可她的爱将激励所有活着的人……

伊娃的病已经很重了,她常常安静地躺在那儿一连几个小时,一动不动地看着起伏的湖水。时间正一点点销蚀着她幼小的生命。

午饭过后,她正斜靠在那里,看一本打开的《圣经》,突然,游廊上传来母亲严厉的声音。

"你这个黑鬼,谁让你摘花的?"接着,伊娃听到一记响亮的耳光声。

"太太,我是给伊娃小姐采的花呀!"她听见是托普西的声音。

"伊娃小姐?你倒会找借口,她会要你采花吗?"

伊娃立刻从躺椅上站起来,走到游廊上。

"啊,妈妈,是我要的花,给我吧,我要!"

"伊娃,你的房间里已经摆满了花呀!"

"再多也不够,"伊娃说,"把花拿进来,托普西。"

一直低着头阴沉着脸站在一旁的托普西,这时走上前来把花束递给了伊娃。她的脸上有忸怩的神情,和她平时的怪异无礼形成了鲜明的对比。

"啊!好漂亮的一束花呀!"伊娃高兴地说。

这是一个很独特的花束,一朵艳红的天竺葵,单独一朵白色的山茶花,配着山茶绿油油的叶子。做花束的人对颜色的搭配显然很有眼力,而且每一片叶子都是经过仔细地考虑的。

伊娃说:"托普西,你真的很聪明,你配花配得真好。我这儿有空花瓶,我希望你每天都给它插上花。"托普西听了,脸上露出甜美的笑容,高高兴兴地离开了。

"真奇怪,你到底为什么要她这样做呢?"玛丽说。

"妈妈,她一直想为我做一点事,可又没机会。"伊娃说。

"她只想捣乱,明知道不准摘花,却偏要摘。"

"可是,妈妈,她想做一个好孩子呀!"

"做个好孩子? 我看,下辈子吧。"玛丽冷冷地说。

"好了,妈妈别说了。"伊娃说,"我想剪头发,剪掉好多好多。"

"为什么?"玛丽说。

"我想趁我还好好的,把它送给亲友,你叫姑姑来给我剪头发,好吗?"

玛丽提高声音把奥菲利亚小姐从另一间屋子里叫过来。

奥菲利亚小姐进来后,伊娃从枕头上抬起身子,把一头金色的鬈发披散开来,开玩笑地说:"姑姑,来呀,剪羊毛吧!"

"怎么回事啊?"克莱尔拿着专门从外面给她买回来的水果正好走进门来,问道。

"爸爸,我要姑姑给我剪头发,太热了,剪短一些,会比较舒服。我想把剪下来的头发分给大家,每人分一点。"

"哦,原来是这样。可是要小心,不要剪得太难看了,伊娃的头发一直是我最大的骄傲。"

"是吗? 爸爸!"伊娃难过地说。

"我要你把头发保持得漂漂亮亮的,我好带你到伯伯的庄园去看亨利克堂哥。"圣·克莱尔仍用快活的口气说。

"我不能去了,爸爸,我要去一个更远的地方。我的身体一天不如一天了,你为什么不肯承认呢?"

"你为什么要让我相信这么残酷的事情呢,伊娃?"克莱尔悲痛欲绝地说。

"爸爸,你要相信事实,你不能骗自己了啊!"

克莱尔沉默了,他忧郁地看着那美丽的长发,一缕缕剪下来排放在伊娃的膝头上。她是那么平静,平静得让做父亲的心都碎了。

"爸爸,我知道自己要走了,但我还有很多事没有做,还有很多话没有说。爸爸,我知道你不会答应我,可是,不能再拖了,所以请你一定要答应我,好吗?"

"我答应你,孩子。"克莱尔用一只手蒙住眼睛,另一只手拉着伊娃说。

"那么我想见见全家的人,我有话对他们说。"伊娃说。

"那好吧。"克莱尔无比悲痛地说。

奥菲利亚小姐走出房间,为伊娃传话,不久,所有的仆人都聚集在伊娃的房间里。

剪短了头发的伊娃,显得愈发的苍白、瘦削,那双深陷的美丽的大眼睛,热切地注视着每一个人。

一阵悲哀袭上人们的心头。

"我最亲爱的朋友们,请你们到这里来,"伊娃说,"是因为我最喜欢你们,最爱你们,我有话要对大家说,我希望你们记住我的话……我快要离开你们了,再过几个星期,你们就再也见不到我了——"

这时,全场发出一片呜咽声,淹没了伊娃微弱的声音。她等待了片刻,接着说:"你们不要忘了,在这个物质世界之外,还有一个丰富的灵魂世界,耶稣就在那个世界。我要到那儿去了,我相信你们也能去的,我会在天国等你们!所以,你们每天都要祈祷,每天都要读《圣经》——"

伊娃突然打住话头,用悲悯的眼光看着他们,伤感地说:"可怜的人们,你们不会读呀——"她把脸埋在枕头里哭起来。有的仆人则大放悲声。她被他们的哭声惊醒,含着眼泪说:"不会读也不要紧,只要你们心里有上帝就行了,主会帮助你们的。只要有机会就请人读给你们听,我想我们一定会在天国重逢的。"她喘了一口气说,"我知道你们都是爱我的。"

"伊娃小姐,我们都很爱你!愿上帝保佑你!"大家情不自禁地答道。

"你们一直都对我很好,为了让你们记住我,我把剪下来的头发分给你们作为纪念。当你们看到这些头发,就会想起我爱你们,我在天国等着你们。"

仆人们哀伤地哭着,有些甚至悲痛地跪倒在地。大家小心翼翼地拿着伊娃的头发,吻着她的衣服,然后陆续地走出房间。

"汤姆叔叔,这最漂亮的一缕给你,我一想到在天国能够见到你,我就好高兴啊!我们一定会见面的。"伊娃对不忍离去的汤姆叔叔说。

"奶娘,好心的奶娘,你一定也要去天国哦!"

"伊娃小姐,你走了我怎么活得下去哟!"奶娘紧紧地拥抱着奄奄一息的伊娃。

奥菲利亚小姐把奶娘和汤姆轻轻推到门外,可回头一看,托普西还孤独地站在那里。

"你从哪里跑出来的?托普西。"奥菲利亚小姐吓了一跳。

"我一直都在这里。"托普西擦着眼泪说,"啊,伊娃小姐,我是个坏孩子,你能给我一缕头发吗?"

"我肯定会给你的,托普西。你一看到它,就会想起我很爱你,希望你做个好孩子。"

"伊娃小姐,我一定尽力去做。"托普西热切地说,"可是做好很难呢,因为不管我怎么做,还是被人当作坏孩子。"

"上帝知道的,他会帮助你。"伊娃的眼睛里闪着异样的光芒。

托普西用围裙擦着眼泪,奥菲利亚小姐默默地把她送出门去。她把伊娃给她的头发,很小心地珍藏在怀里。

人都走了以后,奥菲利亚小姐轻轻地关上门。她悄悄地擦去泪水。在整个过程中,她最担心的是这种激动状态对病人的影响。

果然，在这以后伊娃的病情迅速恶化，她的身体越来越衰弱了，不可挽回的现实已摆在面前。奥菲利亚小姐日夜担当起护理的责任，克莱尔悲痛不已，一切就全指靠她了。

汤姆叔叔常常待在伊娃的房间里。孩子老是烦躁不安，抱着她会舒服一点。汤姆最乐意的就是抱着她小小的身子，在房间里走来走去。孩子早晨的精神最好，他就抱她到花园的橘子树下去散步，当湖风轻轻地吹来的时候，汤姆就给她唱最古老的赞美诗。

克莱尔也常常这样做，可他的体力不如汤姆，他抱累了的时候伊娃就会对他说：

"啊，爸爸，让汤姆抱我吧，我知道他总想为我做点什么，现在这是他唯一能做的了。"

"可是孩子，我也想为你做点什么啊。"她的父亲说。

"爸爸，你可以为我做很多事，可以读《圣经》给我听，可以整夜不睡陪着我，而汤姆只能做这件事。"

当然，家里所有的仆人都想为伊娃做一点事。可是，能为她做的事已经不多了。

玛丽由于心情太坏，奶娘几乎忙坏了。她真想抽一点时间去看看可怜的伊娃。可是，她一会儿也离开不了。玛丽夫人总是让她做这做那，有时候，屋里太黑了，她要把窗帘拉开；有时候屋里太亮了，她又要把窗帘拉上。夜里也整夜睡不成觉，因为玛丽夫人不是头晕，就是脚痛，敷头、揉脚，一忙就是大半夜。

"我觉得我现在最主要的责任就是加倍注意自己的身体。"玛丽常这样说，"我身体这样虚弱，现在还担负着照顾和护理爱女的全副担子。"

"是吗，亲爱的？"克莱尔说，"我还以为堂姐接过你这副担子了呢！"

"你这是什么意思，自己的孩子病成这样，谁也代替不了做母亲的责任。可是你们全都一样，谁也不知道我的痛苦！我怎能像你们那样

什么都不管不顾呢！"

"是吗?"克莱尔冷冷地说。

伊娃已经越来越虚弱了,她悄悄地对汤姆说报信的天使就要来了,她离天国越来越近了。听了这话,汤姆再也不敢回房睡觉了,而是整夜躺在阳台上,守候着最后的时刻来临。

"汤姆,你怎么不到床上去睡呢?"奥菲利亚小姐奇怪地问。

"可是,我得等耶稣降临啊！我不能睡在听不见喊声的地方。"

"汤姆,你怎么会这么想呢?"

"是伊娃小姐对我说的。上帝派信使向灵魂报信。她说我一定得到场,这样,我就可以看到有福的孩子升到天国,一睹天国的荣光了。"

"伊娃是不是说她今晚特别不好?"

"她只是告诉我,黎明的号角已经吹响了。"

此时,是晚上十一点多钟,奥菲利亚小姐正准备上床睡觉。听了汤姆的话,她的心里沉重极了。她在想伊娃今天的精神特别好,是不是人们常说的回光返照?

午夜时分,在那奇特、神秘的时刻,当那脆弱的现在和永恒的未来之间的帷幕变薄了的时候,报信的天使来了！

奥菲利亚小姐打开门,焦急地对汤姆说:"快去请医生,汤姆。"然后匆匆地叫醒克莱尔。

姐弟俩走到伊娃的床前,心碎地看着她。她的脸上闪现出一种宁静、祥和的光辉,没有一丝一毫的恐惧和不安,她的灵魂早已为神仙世界所主宰,永恒的生命已经降临。

一会儿,汤姆叔叔带着医生来了。

"什么时候开始变化的?"医生问。

"在午夜一点多钟。"奥菲利亚小姐哽咽地说。

医生的到来,惊醒了所有的佣人,玛丽夫人也从床上起来了。

"啊,上帝,怎么啦? 怎么啦?"她急急地问道。

"伊娃,她不行了！"奥菲利亚小姐用沙哑的声音说。

"伊娃,你醒醒,醒醒啊,再看爸爸一眼,再跟爸爸说说话呀,伊娃!"

那双蓝色的眼睛睁开了,脸上露出了笑容。

"伊娃,你还认识我吗?"

"亲爱的爸爸。"伊娃叫了一声,用尽最后的力气,用双臂搂住了爸爸的脖子。不一会儿,手臂松开来,当圣·克莱尔抬起头时,她的脸上一阵痉挛,喘不过气来,两只小手在空中乱抓。

克莱尔痛不欲生地抓住汤姆的手:"哦,汤姆,我的心好痛啊!"汤姆紧紧地握住主人的手,黑色的脸上泪如雨下。

孩子头靠在枕上,精疲力竭地喘着气,两只清澈的大眼睛往上一翻便定住了。

"伊娃!"克莱尔柔声唤道。

但是,她已经跨入了永生之门,再也听不见亲爱的父亲的呼唤了……

世界末日

自从有人告诉克莱尔"她已经去了"的那一刻起,这世界就已经不存在了。一片阴沉的迷雾,一种麻木的痛苦,强烈地揪着他的心。有人跟他说话,有人跟他提问题,有人问他什么时候举行葬礼,他全都是迷迷糊糊的。他的心里空得难受,他觉得这个世界一下子变得一无所有……

看着白被单下那小小的冰凉的身体,他的心里就只有一个感觉,那就是她再也不会醒来了,再也不可能叫爸爸了,未来的日子里他就只有苦涩、孤独、寂寞,再也没有明丽的阳光了,真是生不如死啊!

伊娃的房间,现在成了一间小小的灵堂,摆满了白色的鲜花,那芬芳而娇嫩的花朵,配着绿油油的叶子,看上去是那样的雅致和美丽。

这时门开了,托普西走了进来,她的手里拿着一朵半开的香水月季。她的样子是那样的忧伤。

"你来干什么?"罗莎厌恶地说,"这里没你的事。"

"让我进去,就让我在她身边放一朵花吧。"托普西可怜巴巴地请求。

"走开!"罗莎没有一点通融的余地。

"让她进来,"克莱尔突然跺着脚说,"她可以进来。"

罗莎立刻站到旁边去。托普西把花轻轻地放在伊娃的脚下。突然,她放声大哭。

"伊娃小姐,伊娃小姐,我跟你一块儿去吧!你等等我呀……"那哭声撕心裂肺，有如什么东西把心掏空了似的。克莱尔不由得悲从中来，他的脸上不禁涕泪纵横。

"起来吧，孩子，"奥菲利亚小姐柔声地说道，"你别哭了，伊娃小姐进天堂了。"

"可是，我看不到她了！"托普西说，"我永远也看不到她了！她说她爱我，再也没有人爱我了，——再也没有了。"说着，她大哭起来。

"请你好好安慰一下这可怜的孩子吧！"克莱尔含着眼泪对奥菲利亚小姐说。

"别哭了，孩子。"奥菲利亚小姐把她拉起来，温柔地说，"放心吧，托普西，伊娃虽然走了，但我会爱你的，我一定会好好地爱你的，别哭了，孩子！"说着，她的眼泪也忍不住扑簌簌地掉下来。

"小姐——"托普西悲伤地扑进奥菲利亚小姐的怀里，小肩膀不停地耸动。在这一刻，奥菲利亚小姐清楚地知道，她和托普西的心真正地连接在一起了。

几天后，克莱尔一家离开了湖边别墅和别墅花园里的小小的坟墓，回到新奥尔良的家。伊娃的死给他的心灵带来极大的伤害，他整天在外奔波忙碌，借工作来麻痹自己。尽管他强作欢笑，但谁都知道他的心里在流血。

"克莱尔这个人真怪。"玛丽对奥菲利亚小姐抱怨，"我原以为他最爱伊娃，谁知这么快就把她忘了，我简直没办法让他谈起伊娃。"

"你一点也不了解他，玛丽，他的苦、他的痛在心里。"

"是吗，人有感情总会表露出来的。不过，像我这样被感情折磨的人，真是太不幸了。"

"太太，老爷瘦得不成样子了，他们说他什么也不吃，他是没法儿忘记伊娃小姐啊！"

"但是，他一点也不理解我，我的痛苦比他深重得多。伊娃倒是理解的，可是她死了。"玛丽伤心地哭起来。

"她就是这种人，拥有的时候一点也不珍惜，可一旦失去了，就开始把她当宝贝似的称赞个没完。

就在玛丽夫人发表感慨的时候,汤姆走进了克莱尔的书房,因为他看见主人在几个小时前进去后,就一直没有出来。伊娃死后,他一直非常担心主人的精神状况。

这时,他看见克莱尔躺在一张躺椅上,伊娃的《圣经》摊开在他面前。他就那么目空一切地躺在那里,周围的一切似乎与他无关。

汤姆心里一阵疼痛,忙走上前去握住了克莱尔的手,他的脸上流露出无限关心、同情和恳求的神情,深深地感动了主人。

"啊,汤姆,这个世界空得什么也没有了呀!"

"我知道,主人,"汤姆说,"可是我们的伊娃在天上看着我们呢!"

"可我什么也看不见啊!"克莱尔疲惫地说。

汤姆叔叔沉重地叹了一口气,然后跪下来说:"主人,你应该向上帝祈祷,你要相信上帝……"

汤姆叔叔一边流着泪,一边给克莱尔讲基督的故事。克莱尔先生把头靠在他的肩膀上,握着他粗黑有力的大手说:"汤姆,我知道你是真心爱我的。"

"先生,有一个比我更爱你的,那就是我们的上帝啊!"

"你怎么知道的,汤姆?"

"我的灵魂感觉得到这一点,先生,请让我为你祈祷吧。"

汤姆叔叔很认真地开始祈祷,而克莱尔先生也很专注地听着,朦胧中,他觉得自己的灵魂仿佛被带到天国的门口,被带到伊娃的身边……

祷告结束后,克莱尔先生说:"谢谢你,汤姆,我很喜欢听你的祷告。现在,你让我一个人静一静,好吗?"

汤姆叔叔拖着沉重的脚步缓缓地走了出来。

时间就像指缝里的细沙,一点一点地溜走。没有伊娃的日子,生活像死水一样没有波澜。克莱尔过去全部的兴趣和希望都围绕着女儿,可是如今他就像失去控制的罗盘,一下子找不到方向。无论从哪方面讲,他都完全变成了另外一个人。闲暇的时候,他都不知干什么,过度的悲伤使他无法振作起来。

但是,伊娃的爱心感染了他,使他仔细地开始思考人生的意义,思考主仆之间的关系。同时,也开始办理汤姆叔叔获得自由的法律手续。第二天,他对汤姆说:"我想让你成为一个自由人,所以把你的箱子收拾好,准备回肯塔基吧!"

听到这个消息,汤姆的脸上立刻露出喜悦的光芒。

"哦,感谢上帝!"他双手合十,虔诚地向上帝表示感谢。

看到汤姆欣喜若狂的样子,克莱尔的心里闪过一丝惆怅。伊娃死后,他是越发地离不开汤姆了。可是有什么比亲人团聚更重要呢?

"可是老爷在痛苦中的时候,我是不会走的。"

"可是,汤姆。"克莱尔悲伤地说,"我的痛苦什么时候能够结束呢?我不会留你那么久的,回到你太太和孩子们那里去吧,代我问他们好。"

"我相信那一天会到来的,愿上帝保佑!"汤姆眼中含着热泪真诚地说。

伊娃之死最悲痛的要数奶娘了,她被迫离开自己的骨肉后,伊娃就是她唯一的安慰,可是现在连唯一的安慰也失去了。而玛丽又是那样的难以伺候,动不动就对她大发雷霆,破口大骂,再也没有人为她婉转求情了,再也没有人来替她说话了。她日夜哭泣,心都要碎了。

伊娃的死,对奥菲利亚小姐来说,是一个沉重的打击。她那甜甜的笑脸,一直在眼前挥之不去;那温柔的话语,一直在耳边萦绕。而她那高贵、纯洁的心,一直感染着她。奥菲利亚小姐比过去更温和、更亲切了,对托普西的感情也更深厚了。

而托普西呢?她的身上也发生了明显的变化。那种冷漠没有了,那种麻木也被热情、希望、渴求所取代。只是她还不能持之以恒。但总的来说,她还是会回到正确的路上来的。

有一天,奥菲利亚小姐派人去叫托普西,托普西走过来的时候,往怀里塞着什么。

"托普西,你是不是又偷东西了?"罗莎一边说,一边专横地抓住托普西的胳膊。

"别烦了,罗莎。"托普西说。

"你不要耍花招了,肯定偷了什么东西!"罗莎紧紧抓住她的胳膊不放。托普西英勇地又打又踢,吵闹声惊动了奥菲利亚小姐和克莱尔先生。

"她又偷东西了。"罗莎说。

"我没偷。"托普西委屈地哭了起来。

"是什么东西,拿出来给我看看!"奥菲利亚小姐严厉地说。

托普西迟疑地从怀里拿出一个旧袜子做的小包来。

奥菲利亚小姐把里面的东西倒出来,其中,有伊娃送给她的一个小本子,按全年顺序排列,每天一段《圣经》里的经文;另外一张纸里包着伊娃送给她的一缕金发。

克莱尔见了这些东西,眼圈儿立即红了,他很伤感地扯下小本子上的黑纱问:"你为什么要把黑纱缠在小本子上呢?"

"那是我哀悼伊娃小姐的一种方式呀!老爷。"说着,她坐在地板上痛哭起来。

"好了,别哭了。"克莱尔感动地说,"没人抢你的东西,你起来吧。"说着把那些东西放在托普西的怀里,然后拉着奥菲利亚小姐走进了客厅。

"托普西这孩子越来越惹人喜欢了。"克莱尔说。

"是啊,这孩子是可以教育出来的。我对她寄予了很大希望呢!不过,克莱尔,我问你,这孩子是你的还是我的呢?"

"送给你了当然是你的啦!"克莱尔说。

"可是在法律上她是你的呀,我希望她在法律上属于我。"

"哇,堂姐,你也想拥有奴隶啦!"克莱尔打趣地说。

"你不要开玩笑了,我要让这孩子自由。那么,我所有的努力就不会白费。如果你想把托普西送给我,就请你赶快办手续吧!"

"怎么,你信不过我?"克莱尔有些不快地说。

"我想把事情确定下来,"奥菲利亚小姐说,"如果有一天发生了意想不到的事,我可不愿意她落到奴隶贩子的手里。"

"哇,你是一个很有远见的人,我马上给你办还不行吗?"克莱尔很快写好了一份证书,签上他的大名,交给了奥菲利亚小姐。

"这下你放心了吧!"克莱尔说。

"可是,还得有证人签字才行啊。"奥菲利亚小姐笑着说。

"唉,真麻烦!——有啦,"他说着推开了通往玛丽卧室的门,"玛丽,堂姐要你在这儿签名呢!"

"这是什么?"玛丽看着赠送书说道,"真好笑,我还以为堂姐不会做这种事呢!"她边说边漫不经心地在上面签了名,"不过只要堂姐要,尽管拿去好了。"

"这下行了吧,整个儿归你了。"克莱尔再一次把证书交到奥菲利亚小姐手里。

"这下我可以保护她不受任何人的欺负了。"奥菲利亚小姐笑着说,"可是,克莱尔,你替你的仆人们考虑过没有,如果有一天你死了怎么办?"

"还远着呢,急什么!"

"你那么纵容你的奴隶,如果你不早点为他们考虑的话,结局将会很惨。"

"我想到过这事,也打算做点准备。"克莱尔毫不在意地说。

"什么时候呢?"奥菲利亚小姐问。

"噢,就这段时间吧!"

"你要是先死了怎么办?"

"堂姐,你怎么啦,好像咒我死似的。"克莱尔有些不高兴地说。

"人生在世,随时都在死亡中。"奥菲利亚小姐说。

克莱尔站起来,慢慢地踱到游廊上,他在嘴里不断地重复着"死亡"这两个字，并对这两个字着了魔似的。他的嘴里不停地说着："真有意思，竟会有死亡这回事，一个人今天还活着，可明天呢，就消失了！"

这是一个温暖的黄昏，天高云淡，游廊的另一头，汤姆正在专心地读《圣经》，他一面用手指着一个个的字，一面轻声地读着。克莱尔走过去，随便往他身边一坐，"汤姆，要我给你读《圣经》吗？"

"那太好了，老爷。"汤姆感激地说，"你一读我就清楚多了。"

克莱尔拿起《圣经》就开始读起来：

"当耶稣拥天国之福同着众天使降临之时，他将坐在荣誉的宝座上，一切民族之人都要聚集在他面前，他要把他们分别开来，好像牧羊人分别绵羊和山羊一般。"克莱尔声音激动地念着，直念到最后几节。

"主向他左边的说，离开我，你们这些被诅咒的人，进入那地狱的火里去；因为我饿了，你们不给我食物；渴了，你们不给我喝；我漂泊在外，他们不留我住；我赤身裸体，或病了或被监禁，你们不来看望我。他们将要回答说，主啊，我们什么时候见你饿了，或渴了、或漂泊或赤身裸体、或病了、或被监禁而没有给你帮助呢？主说，只要你们不为我最卑微的兄弟做这些事，就是不为我做这些事了。"

最后一段似乎打动了克莱尔，因为他读了两遍，第二遍念得很慢，他的脑海里好像在思考，好像在消化这些东西。

读完以后，他陷入沉思中，直到午茶铃响过之后才赫然惊觉。

午茶过后，他依然没有从那种情绪中摆脱出来。于是，他坐在钢琴前，开始用音乐来宣泄自己的情感，用音乐来跟自己进行独白。

歌声吸引了汤姆，他慢慢走到门边如痴如醉地听着，他虽然不懂那歌词的意思，但克莱尔的表情深深地打动了他。

歌声中，岁月的帷幕拉开了。克莱尔仿佛回到了童年，回到了母亲的身边，他仿佛听到了母亲的声音在给他伴唱，那旋律深沉优美，那琴声娓娓动听，一切都是那么美好和谐。他的心一阵强烈的悸动。

"可是，堂姐，也不知为什么，我这段时间老是想起我的母亲。"克莱尔说,"我有一种奇怪的感觉,好像她就在我身边似的,我老想起她过去说的话,想起我们在一块儿的快乐时光。而且,过去的一切,仿佛就在眼前。"

"你太伤感了,克莱尔,你应该调整一下情绪。"奥菲利亚小姐心痛地看着克莱尔,眼睛里满是关爱。

"谢谢你,堂姐,我去外面走走,听听有什么新闻。"

他拿起帽子走了出去。

汤姆跟在他后面走到花园的小径上,问克莱尔要不要他陪他出去。

"不用了,汤姆。"他说,"我过一小时就会回来。"

这是一个美丽的月夜,皎洁的月光洒满大地的每一个角落。汤姆坐在窗前,遥望着远方,心中思念着久未见面的妻儿。但想到自己不久以后就能获得自由,回到他们的身边,他的心里就充满喜悦。想着想着,他进入了梦乡。在梦里,伊娃戴着美丽的花环向他跑来,他惊喜地喊道:"伊娃小姐!伊娃小姐!"可是一转眼,她又消失了,只留下一道金色的光环……这时,一阵急促的敲门声把汤姆惊醒,外面传来嘈杂声。

他慌忙起身去开门,一行人用百叶窗抬着一个伤者进到客厅里。汤姆把灯光照在那个人的脸上,突然发出一声绝望的惊叫。这声惊叫传到游廊上,把所有的人都惊醒了。

原来,克莱尔先生在咖啡馆里劝架,被人用刀刺中了腹部,刺得很深,血流如注。

这时,全家上下一片混乱,仆人们像没头的苍蝇一样乱窜,哭号声、尖叫声此起彼伏。只有汤姆和奥菲利亚小姐还比较镇定。玛丽一听到这个消息就昏过去了。在奥菲利亚小姐的指挥下,他们很快把克莱尔在客厅里的卧榻上安顿好,因为失血太多,他已经昏过去了。

奥菲利亚小姐采取了一些急救措施之后,克莱尔醒了过来,睁开眼睛,目不转睛地看着大家。

一会儿，医生来了，仔细地检查伤势后，开始包扎。但从他脸上的情形看，显然已经没有指望了。挤在游廊上和门外的仆人们，开始撕心裂肺地哭起来，他们一边为主人伤心，一边为自己的未来哭泣。

"现在，"医生说，"把仆人都赶走，病人需要安静。"

这时，克莱尔睁开眼睛，目不转睛地看着悲痛的仆人。奥菲利亚小姐和医生正拼命地劝他们离开房间。"可怜的人们！"克莱尔的脸上闪过极度自责的表情。阿道尔夫死活不肯离开，恐惧使他失去了控制。他扑倒在地上，怎么劝也不肯起来。其余的仆人在奥菲利亚小姐急切的劝说下，终于明白主人的安危有赖于他们保持安静和服从命令，才纷纷离开了客厅。

这时候，克莱尔显然已经不行了。他闭着眼睛躺在那里，似乎有许多话说，可是却什么也没有说出来。他把手放在跪在他身边的汤姆的手上。

"可怜的汤姆……"

"你说什么，老爷。"汤姆急切地说。

"我就要死了……"克莱尔先生紧紧地抓住汤姆的手，"祈祷吧！"

汤姆叔叔为主人即将脱离尘世的灵魂祈祷，他充满感情的祷词和悲戚的声音，令所有听到的人心酸落泪。

克莱尔先生睁开那双忧郁的眼睛，悲戚地看着泪流满面的汤姆叔叔。不久，他的脸上出现一种疲惫的孩子般沉睡的表情，是那样的安恬、静谧、美好。他的手似乎触到了天使的翅膀。一片祥云托着他飞升、飞升……天国的门口，伊娃正张开双臂迎接着他，她的笑容是那么美丽，她的眼睛是那么的富有神采！啊，伊娃，我的宝贝，爸爸来了！爸爸来了！在灵魂即将超脱之时，克莱尔突然睁开眼睛，眼中闪现出相逢时的喜悦之光，接着喊了一声"啊，伊娃！"便离开了人世。

克莱尔的葬礼结束后，摆在人们面前的一个最现实的难题，就是以后怎么办呢？宠爱他们的那个人已经去了，他们终于落在了残暴的女主人手里，等待他们的又是怎样的命运呢？

半个月之后的一个下午,奥菲利亚小姐正在房间里清理东西,外面响起了轻轻的敲门声,她打开门,罗莎披头散发、眼睛红肿地站在门外。

"救救我,奥菲利亚小姐。"罗莎说着,声泪俱下地跪在她的面前,"玛丽小姐要把我送去挨鞭子呢。"她把一张纸条塞在奥菲利亚小姐的手里。

奥菲利亚小姐拿起条子,一眼就认出是玛丽漂亮的花体字。这是写给鞭笞机构头头的条子,吩咐鞭笞持条子的人十五大鞭。

"你做错了什么事吗,罗莎?"奥菲利亚小姐问。

"我脾气不好,顶撞了她,她打了我一耳光,然后,还觉得不解恨,她就写了这张条子。要让我去挨一个无耻的男人的打,还不如让我去死啊!小姐。"

奥菲利亚小姐很清楚,要把一个姑娘送到那种地方去,那无疑是一种残忍。可是玛丽能否给她面子呢?她一点儿把握也没有。但是,看到纤弱的罗莎痛苦得几乎死掉的样子,她还是准备尽力去说服她。

"好吧,罗莎,你等着,我去找你家夫人。"

看到玛丽悠闲地坐在安乐椅上,奶娘站在一旁给她梳头,简坐在她面前给她揉脚,奥菲利亚小姐尽量控制好自己的情绪。

"你今天怎么样,好些了吗?"

玛丽叹了一口气说:"我也不知道是好还是坏,反正就这样了吧。"

"我来,"奥菲利亚小姐有些为难地说,"是为罗莎求个情。"

玛丽的脸立即涨得通红,厉声问道:"她想怎么样?"

"她很后悔,想请求你的原谅。"

"是吗?等我和她算完账后她还要更后悔呢。请求我的原谅,连门都没有。"

"你不能换一个方式惩罚她吗?这样太丢脸了。"

"我就是要让她丢脸,只有这样,她才会知道自己的身份。"

"可是这样会毁掉一个女孩子的斯文和羞耻心,你会使她堕落的。"

"你别抬举她了,她那个样子,其实也跟街头穿得最破烂的黑婊子没什么区别。什么斯文,什么羞耻心,去她的吧。"

"你真是很残忍,玛丽。"

"我残忍吗?一点儿也不!我不是让她只挨十五鞭吗?我不是让他打轻一点吗?不过,我要让他们知道,不管是谁惹怒了我,我就要让他挨鞭子,我就要让他知道我的厉害!"说着,她意味深长地看了四周一眼。

简听了这话全身直哆嗦,因为她觉得这话是针对她的。而奥菲利亚小姐坐在那里,像吞了炸药包似的,几乎要爆炸了。可是,她觉得跟玛丽这样的人争论下去没一点儿意思,就气呼呼地走了出去。

奥菲利亚小姐很沮丧,就这样告诉罗莎她帮不了忙,她真的难以启齿,可是,在玛丽的淫威之下她能有什么办法呢?她只能徒然地看着罗莎又哭又求地被带走。

几天以后,汤姆叔叔在阳台上想心事,阿道尔夫走了进来。自主人死后,他一直忧心忡忡,他知道玛丽讨厌他,不会给好果子吃,所以整天提心吊胆的,日子很不好过。

"你知道吗?汤姆,我刚才听到律师跟玛丽夫人说,我们都会被卖掉。"

"这也是上帝的旨意啊!"汤姆心情沉重地说。

"那么好的主人,我们再也不可能碰得到了。如果要跟着夫人,我想,还不如被卖掉的好……"阿道尔夫喃喃地说。

汤姆转过身去,心如刀绞。获得自由和跟妻儿团聚的希望,随着主人的逝去,像泡沫一样地消失了。可是,他多么不甘心啊!他决定去找奥菲利亚小姐。自从伊娃去世后,奥菲利亚小姐对他特别和蔼,也特别尊重。

"奥菲利亚小姐,"他说,"克莱尔先生答应给我自由,他说已经给我办手续了。请你去找太太说说,让她把这事办完吧,这可是老爷的遗愿啊！"

"好吧，汤姆。"奥菲利亚小姐说，"这事成不成全在于太太。不过，我会尽力的。"

奥菲利亚小姐仔细地考虑了很久，该怎样使出自己所有的外交手段来和玛丽商量给汤姆自由的事。

"你来得正好，替我看看这块衣料怎样？"玛丽对奥菲利亚小姐说。

"你的欣赏水平比我高，玛丽。"

"问题是，"玛丽说，"我没有一件可穿的衣服。我打算解散这个家，下星期就离开这里，所以一定要把衣料选好。"

"你这么快就走吗？"

"是的，克莱尔的哥哥来信了，他认为黑奴和家具都应被拍卖掉，房子交给律师处理。"

"有一件事我想跟你谈一下，"奥菲利亚小姐说，"克莱尔答应给汤姆自由，而且已经开始办法律手续了。我希望你能把它办完。"

"哼，傻瓜才会办这样的蠢事呢！"玛丽说，"他可是最值钱的黑奴。"

"可是，"奥菲利亚小姐说，"这可是克莱尔的遗愿，也是伊娃临死前他答应她的一件事，你总不会违背他的遗愿吧？玛丽。"

玛丽听了这番话，开始哭起来。

"你们谁都不体谅我，总是要提这些伤心事。一个独生女儿死了，一个适合我的丈夫也死了，可偏偏还要随随便便地提起……"玛丽哭着、喘着，鼻涕眼泪一大把。奥菲利亚小姐逃回了自己的房间。

奥菲利亚小姐明白了，只要提起克莱尔、伊娃、黑奴的问题，她就会歇斯底里地发作一次。在束手无策的情况下，她只好替汤姆给谢尔比太太写了封信，说明了眼前的困境，让他们立即来解救汤姆。

拍　卖

汤姆、阿道尔夫和其他五六个黑奴，一起被送到黑奴货栈等候拍卖。为了掩饰内心的空虚和不安，他们尽量装得满不在乎，尽量装出可爱的笑脸来等候一个好的新主人。

一位体型矮胖、孔武有力，看起来很粗俗的男人，走到汤姆的面前，一把抓住他的下巴，扳开他的嘴巴，像检查牲口那样地检查了他的牙齿，又让他脱下衣服来展示他的肌肉，然后，又让他转过身子，在原地蹦跳几下看看他的腿脚有没有毛病。

"你在哪里长大的？"检查完毕后，他问道。

"在肯塔基，老爷。"汤姆说。

"你都干过些什么？"

"替主人管理农场。"

"是吗？这倒可以考虑考虑。"说完，他就走到拍卖场。

这时候，拍卖会正式开始了。

不一会儿，克莱尔家的黑奴先后都有了买主，阿道尔夫也被一位阔少爷买走了，就只剩下汤姆叔叔一个人孤零零地站在那儿。

"站到拍卖台上去吧，黑鬼。"拍卖人对汤姆叔叔说。

汤姆叔叔被推到台上，他不安地看着黑压压的人群。讲价声此起彼落，价钱在不断地升高，吵闹声也越来越大，最后终于一锤定音，刚才那位粗俗矮胖的买主，成了他的新主人。

"你给我乖乖地站在这里。"说完，他又去跟其他的买主开始竞买。

汤姆叔叔的脑子里一片混乱,拍卖仍在进行。又是一阵竞价后,一个叫苏珊的女人被卖掉了。女人跪在买主的脚下,请求她的新主人能够把她的女儿埃默林一起买走。

这位和善的中年男人看了她的十五岁的女儿一眼,那是一个标致的女孩,那双小鹿一样的眼睛里充满了惊恐,她正向她的母亲伸出手来,哀怨地喊道:"妈妈,救我!救我!"

"我很愿意买你的女儿,可我怕买不起。"这位先生说,一面关切地看着那姑娘被推上拍卖台。

血往上涌,在那一刻,小姑娘的脸庞艳若桃花般的美丽。她的母亲看在眼里,痛在心里。拍卖人看到这千载难逢的好机会,便滔滔不绝地夸奖一番,价钱很快飙升上去。

"放心吧,我会尽力而为的。"好心的先生对苏珊说,然后他挤进人群参加喊价。不久喊出的钱数超过了他的腰包,他只好默默地退了出来。最后,她被另一个人以高价买走了。这个人就是刚才买汤姆的新主人——棉花种植园的园主雷格里。

绝望的母亲像一摊泥似的瘫倒在地,小姑娘则发出撕心裂肺的哭喊声。

苦难的生活

你眼目纯净不容邪恶,也不容不义。为何对行为诡诈的视而不见,对吞灭比自己公正的恶人缄口不语呢?

《哈巴谷书》第一章第十三节

天气晴朗,一条破旧的船只航行在风平浪静的红河上。汤姆的手脚都被铁链锁着,心像灌满了铅似的沉重。星星、月亮、阳光、雨露全都远远地离他而去了。肯塔基的妻儿离他越来越远了,美丽的克莱尔家园和可爱的伊娃小姐也全都从他的生命中消逝了。可恶的奴隶制度扼杀了一切人的天性,汤姆的脑子里一片空白。

和汤姆同行的还有他的新主人西蒙·雷格里在新奥尔良买的八个奴隶,他们和他一样都用铁链两个两个地铐在一起。

船开了之后,雷格里用他那种打量牲口的眼光,满意地看着他的商品。可当他看到汤姆皮靴黑亮、穿着体面工整时,他的眉头皱了起来。

"你站起来。"他走到汤姆的面前,不怀好意地踢了他一脚。

汤姆遵命站起来。

"把你的衣服和靴子脱下来!"

汤姆开始解硬领,由于带着镣铐很不方便,雷格里就使劲地把它扯下来,放在自己口袋里。

然后,又把汤姆的箱子打开,翻出一套在马厩里干活穿的旧马裤和破上衣,扔给汤姆,打开手铐让他在一个货箱间的凹处换上。

汤姆遵命换了衣服出来。

"脱下你的皮靴。"雷格里恶狠狠地说。

汤姆又脱掉皮靴。

"穿上这双布鞋。"雷格里扔给汤姆一双粗劣的黑布鞋。

汤姆在换衣服的时候,幸好把《圣经》拿了出来。因为雷格里给汤姆戴上手铐后就开始翻汤姆的口袋。他翻出几样伊娃小姐送给汤姆的小东西,看都没看就扔进了河里。他从另外一个口袋里又翻出一条丝手绢,他在鼻子上嗅了嗅,淫笑着放进自己的口袋里。

有一本美轮美奂的赞美诗汤姆忘记拿出来,落在了雷格里的手里。他随手翻了翻,用嘲笑的语气问汤姆:

"看来你还是个教徒啰?"

"是的,老爷。"汤姆说。

"要不了多久,我就会让你们丢掉这些鬼东西。什么上帝!在这里,我就是你们的上帝!要是你们之中有人胆敢反抗,我的铁拳就要砸碎他的脑袋,听到了吗?"说完,他提着汤姆的皮箱走到甲板上,水手们围上来,那些衣服就你一件他一件地拍卖了。最后连箱子也卖了出去。他们闹不明白,作为一个黑人有什么必要把衣服保管得那么好。

把钞票稳稳当当地放在口袋里以后,雷格里走了过去,拍着汤姆的肩膀:"伙计,我把你的行李处理掉了。你现在是一身轻松了。但你小心一点儿身上的衣服啰,至少得穿一年啊!"

说着,他走到埃默林的身边坐下,她是跟一个叫露西的女人锁在一块儿的。

"哦,宝贝,"他抚弄着埃默林的下巴说,"你得高兴一点儿!"

埃默林看着他长满黑毛的脏手,心里像吞了毛毛虫一样的难受。

"怎么!你讨厌我?"雷格里恼羞成怒地说,"还有你,这个讨厌的黄脸婆,别给我摆出这副嘴脸,得高兴一点儿!"

叫露西的女人赶忙抬起头,露出一个比死还难受的笑脸。

"你们都给我听着,我的农场是没有监工的,什么事情都由我亲自管理。一定要听话,这样免得受皮肉之苦。另外,我是不会同情你们的,因为我不是那种软心肠的人,我的心肠跟我的拳头一样硬。"

黑奴们听到这番话,一个个垂头丧气、满脸沮丧地坐在那里。雷格里说完就到船上的酒吧喝酒去了。

过了一会儿,两个女人开始交谈起来。

"你原来的主人对你好吗?"埃默林问。

"他在没生病之前对我很好,甚至还答应要给我自由呢。可是后来他病了,这一病就是六个多月,这时候他的脾气坏透了,动不动就跟我发脾气。"

"你没有其他的亲人了吗?"

"我还有个丈夫。他是个铁匠,老爷常把他租出去干活。我走的时候,他给别人干活去了。我见都没见他一面。我还有四个孩子,我这一走,还不知被卖到哪里去。我可能这一辈子再也见不到他们了。"露西小声地哭着说。

埃默林想安慰她,可是却找不到任何安慰的话语。埃默林从前的女主人,让她受过很好的教育,不仅教她读书写字,还教她读《圣经》,让她具有很强的宗教信仰,成了一个坚定不移的基督徒。可如今显然被上帝所抛弃,落到了凶恶无情的人手里。

这艘满载着忧伤和痛苦的船只,沉重而缓慢地向前行驶,沿着湍急的河流,越过陡峭的河岸,很快在一个小码头停下来。雷格里带着黑奴们下了船。

马车在崎岖不平的小路上行走,而汤姆叔叔和其他的黑人则跟着马车疲惫不堪地往前赶路。

马车上坐着专横跋扈的雷格里,他一手执着马鞭,一手拿着酒瓶,并不时得意地喝上几口。

这是一条非常难走的小路,蜿蜒曲折,阴森可怖,并不时有毒蛇出没。小路的两边,是长满柏树的沼泽,枝头上挂着一长串一长串阴森森的黑苔藓。在水中腐烂的断桩残枝之间,不时有叫不出名字的野兽穿行。对于远离希望和梦想的黑人来说,这是一条凄凉寂寞的路。他们神情冷漠、沮丧、消沉,艰难地移动着脚步。

"嗨!我说,"雷格里回过头来看着那些无精打采的面孔说,"伙计们,高兴一点儿,唱个歌吧!"

黑人们你看我、我看你,谁也不知唱什么好。

雷格里看到自己的话没起作用,便暴怒地挥动鞭子,一个黑奴的脸上立刻印上一道长长的鞭痕,并流出了红红的血液。

于是,汤姆领头唱起了一首美轮美奂的赞美诗来:

耶路撒冷,我幸福的家乡,
你的名字对我永远亲切无比!
我的痛苦何时才能结束,
你的快乐何时才——

"闭嘴,你这个臭黑奴!"雷格里咆哮道,"你以为我会听你那该死的破玩意儿吗?快点,给我来点热闹的。"

另一个黑奴唱起了黑人中最流行的一支无聊的歌。

他们强装笑脸,起劲地唱着,但歌声中包含着怎样绝望的情感,又包含着怎样疯狂的发泄,雷格里是听不出来的。他要的只是热闹,只是让他们打起精神来。

马车驶过一条长满蒿草的石子路,很快就到了目的地。四条高大凶恶的狼狗虎视眈眈地盯着他们,并发出冷酷的咆哮。

"看到了吧,它们可是经过专门训练的,如果想跑,它们能咬碎你们的骨头,然后当晚餐吃掉。喂,山宝,我不在的时候,农场没出什么问题吧?"雷格里对一个衣衫破烂的黑人说。

"一切都很顺利,主人。"叫山宝的黑人毕恭毕敬地说。

"那好。哎,昆宝,我吩咐你的事做了没有?"

"当然做了,主人。"

这是种植园里的两个黑奴头,雷格里像训练狗一样地训练他们,不仅训练得像狗一样的凶狠残忍,也像狗一样的无比忠实。他们两人拥有相同的地位和身份,而又互相争宠。所以常常暗中较着劲儿,彼此恨之入骨。雷格里非常聪明,他要的就是这个效果。

雷格里还常常鼓励他的黑人仆从,跟他建立一种粗俗的亲近关系,但这种关系任何时候都会给对方带来麻烦,因为雷格里稍有不快,他一点头,其中的一个就随时会替他对另一个进行报复。看起来,这种人真是连狗都不如。

"喂,山宝。"雷格里说,"把这几个人带到住的地方去。这是我给你买的女人。"说着打开露西和埃默林的链条,把女人推向山宝,"我答应的事就会做到。"

露西吃了一惊,往后退着说:"啊,老爷,我男人在新奥尔良呢!"

"哼,笑话,你到这里就不需要男人啦?少废话,走吧。"说着举起了鞭子。

"唉,宝贝,"雷格里说,"跟我走吧!"雷格里把吓得面无人色的埃默林拖进屋里。

山宝带着汤姆叔叔一行人来到离宅子很远的一排简陋的棚屋里。这里肮脏、破旧,连床都没有,只有一堆又脏又臭的稻草散乱地铺在冰冷的泥地上。

"我住哪一间?"汤姆低声下气地问。

"就住这一间吧。"山宝说,"现在每一间屋里都住满了。"

傍晚的时候,住在棚子里的黑人收工回来,每个人都穿着破烂、肮脏的衣服,疲惫不堪地开始做自己的晚餐。

这些人每天天不亮就被赶到田里干活,不仅要忍受烈日的暴晒,还要忍受工头皮鞭的抽打,就是晚上收工回来,还得自己做晚餐。狠心的雷格里发给他们果腹的粮食,是还没有磨成粉的玉米豆,所以收工回来他们还得自己把玉米豆磨成粉。因为人多石磨少,往往夜深人静还听到磨粉的声音。

吃不好睡不好，干的又是苦活累活，一个身体最棒的人也只能干五六年，便会从这个世界上消失。

"唉——"山宝把一袋玉米豆扔给新来的女人，"你叫什么名字？"

"露西。"女人说。

"啊，露西，既然你是我的女人，那就把玉米豆磨好，把晚饭给我做出来。你听见了吗？"

"走开，魔鬼。"露西说，"死了那份心吧，我永远也不会做你的女人。"

"那我就几脚踢死你。"山宝凶狠地说。

"踢吧，我巴不得早一点死呢。"女人一点也不在乎地说。

"山宝，现在正是农忙季节，你要是打坏了她，我可要告诉主人。"昆宝赶跑了几个疲惫不堪的磨玉米粉的女人，正忙着给自己磨粉。

"那我可要告诉主人，你不让这些女人磨粉。"山宝毫不示弱地说。

汤姆走了一天的路，已经饿得快昏过去了，但仍得慢慢等候。当轮到最后两个女人时，善良的汤姆叔叔就为她们磨粉。由于从来没有人帮助过她们，所以两个女人都非常感激。她们的脸上有了一种久违了的柔情。她们替汤姆叔叔把和好的玉米面做成饼，还替他烤上。汤姆坐在火旁拿出了《圣经》，因为他的心灵需要慰藉。

"那是什么啊？"女人问道。

"《圣经》。"汤姆说。

"离开肯塔基以后我就再也没有看过《圣经》。"

"你是在肯塔基长大的吗？"汤姆有一种他乡遇故知的感觉。

"是啊，还受到过很好的教育，没想到会落到这个地步。"

"多少年了，我听到的只有皮鞭声和骂人声，就没有听到过更好的声音。不管怎样，你念一段吧。"另一个女人说。

"凡劳苦担重担的人到我这里来吧，我将使你们安息。"汤姆充满感情地念道。

"说得多好啊！这是谁说的。"

"上帝。"

"真希望能到哪儿找到他。"女人说,"可我是不可能安息的,我遍身酸痛,手抖得厉害,山宝总是骂我摘不快,可我吃不好睡不好,身体已经垮掉了。我要是知道上帝在哪儿,我一定把这些讲给他听。"

"上帝无所不在,他就在你的身旁。"汤姆说。

"上帝不在这里,他打瞌睡了。"那女人说,"不过说也没用,还是抓紧时间睡觉吧。"

两个女人走了,汤姆独自坐在火堆旁,火光映红了他的脸。

过了好一会儿,汤姆叔叔才站起来,心事重重地走进他住的棚屋里。地上已经睡了很多疲惫不堪的同伴,里面的气味难闻极了。但是外面很凉,他又累得要命,只好用唯一的破毯一裹,倒在稻草上睡着了。

在睡梦中,他梦见了可爱的伊娃小姐,她低垂着眼睛用温柔的声音给他念着《圣经》,他听见她读着:

"你从水中走过,我必与你同在,河水必不没过你;当你从火中走过,必不被烧,火焰也不燃着你;因为我是基督你的上帝,是以色列的圣者,你的救世主。"

声音渐渐变轻、消失,伊娃温柔地注视着他,他的心里有一股暖流涌过……

汤姆没有多久就把新生活中能够指望的和需要防备的一切了如指掌。他是一个原则性很强的人,活干得又快又好,他总希望能通过自己的努力来减少一些不必要的麻烦,能早一天脱离苦海。

雷格里虽然把汤姆的种种好处看在眼里,但他对汤姆有一种天生的反感。他清楚地看到,他对奴隶施暴时汤姆关注的眼神。这一点令他非常恼火。他本想把汤姆变成一个好的管理员,可是汤姆的心地太善良了。做管理员的条件是要心肠狠毒,没有人性。在汤姆到种植园几个星期以后,雷格里决定开始训练他。

有一天,一个从未谋面的女人,加入奴隶们工作的行列。这是一个身材苗条、面貌姣好的女人,她的穿着很整洁也很体面,大约三十五岁到四十岁之间的年纪,有一张过目不忘的脸,那上面写满沧桑。

汤姆从来没有见过她,更不知道她是什么人。可黑人们都认识她,并不断地用讥讽的语言刺激她。

"没想到吧,也落得跟我们一样的地步了,真让人高兴。"

"哈!哈!哈!"另一个说,"也让她尝尝干活儿的滋味。"

"我还想看她挨鞭子的俏模样呢,那才有趣。"

可女人仿佛什么也没听见,她依然高昂着头,露出不屑一顾的神情。在某种程度上来说,这女人属于那种气质高雅受过教育的人,她的一举手一投足都显得与众不同。女人就在汤姆的旁边,她干起活来非常利索。她的手天生的灵巧,摘起棉花来干净利落,要比别人容易得多。

可走在汤姆右边的露西就不同了,她脸色苍白,气喘吁吁,身子摇摇晃晃,像要倒下去似的,看得出来她正忍受着巨大的痛苦。汤姆很同情她,趁没人注意,把自己的棉花抓了几把在露西的麻袋里。

"不!不!"露西惊恐万分地说,"你别这样,会惹祸的。"

这时,山宝来了。

"你干什么,露西?"山宝说着,抬起沉重的牛皮靴子狠狠地踢了露西一脚,同时挥起皮鞭抽了汤姆一鞭子。

但汤姆趁他们不注意的时候,又把自己的棉花放在露西的袋子里。

"不要这样,你会受到处罚的。"露西忧心忡忡地说。

"不要紧,我的力气比你大,我能忍受的。"

汤姆叔叔又很快回到他自己的位置上。陌生女人抬起头来,不安地瞟了汤姆一眼,然后从自己的袋子里抓出一大把棉花,放在汤姆的袋子里。

"你对这里的情况还不了解,这么做很危险的。过一个月,你就知道在这里干活只求自保。"那女人说。

"上帝不容,太太。"汤姆本能地对这个女人有一种好感。

"上帝睡着了,不到这儿来。"女人不屑地说,一边麻利地摘着棉花。她的脸上挂着蔑视一切的笑容。

"你干什么,凯西?"女人的动作被山宝从地的另一头看到了,他挥动着皮鞭气势汹汹地走过来。

被叫着凯西的女人冷冷地看了山宝一眼,露出一个鄙夷的笑。

"怎么着!怎么着!"他气急败坏地说,"你看不起我?你可要小心一点儿,现在你是我的手下了,不然,我用皮鞭抽你!"

"你敢吗?你这条疯狗!"凯西涨红了脸轻蔑地说,"你要是敢试试,我就让狗咬碎你的骨头!你看我有没有这个权利。"

"好吧,算你赢,凯西夫人。"说完,山宝灰溜溜地走了。

夕阳西下,一天的工作结束了。精疲力竭、垂头丧气的黑奴们排着队等在过秤间,畏畏缩缩地等着过秤。

"汤姆那家伙,他一直替露西摘棉花呢。"山宝伏在雷格里耳边悄悄地打着小报告。

"好,让我来教训他,看他以后还敢不敢这么做!"

听到主人这么说,山宝和昆宝露出幸灾乐祸的坏笑。

"汤姆不是心软吗?那就让他用鞭子打露西怎么样?"山宝的脸上浮现出诡异的笑容。

"这是个好主意!"雷格里咧着嘴赞许地说。

汤姆的棉花过了秤,被列为合格,很顺利地过了关。

露西的棉花,因汤姆的帮助本来是合格的,可是,因山宝的小报告,雷格里却故意说:"这个懒家伙,又不够分量了,站到一边去,等候处罚吧!"

露西绝望地蹲在地上,低声地哭起来,她知道等待她的将是什么。

这时候,站在后面的凯西走上前来,满不在乎地交上了她的棉花。雷格里探询地看着她的眼睛。

她高傲地看了他一眼,嘴里嘟哝着说了句什么。雷格里的脸立刻变得难看起来,他举起手似乎要打她,可她一转身走开了。

苦难的生活

"汤姆,告诉你,我把你买来,不是让你干粗活的,我是想提拔你当监工。那么,就从今晚开始熟悉熟悉。现在,你把这个女人打一顿吧。"

"不,老爷,"汤姆说,"我干不了这事儿。"

"干不了?那就等着我来收拾你吧。"雷格里恶狠狠地说。于是,皮鞭像雨点似的落在汤姆的头上、身上。

"你现在还说干不了吗?"雷格里喘着粗气说。

"是的,老爷。"汤姆用手擦掉脸上的血迹平静地说,"你要我干什么都可以,可这件事我是绝对不会做的。绝对不会……"

"哦,上帝,救救我吧!"露西跪在地上痛苦地喊道。

雷格里一向认为,汤姆是个温顺的奴隶,很容易制服。谁知他不仅不听话,而且居然敢顶嘴,他呆了片刻,立即像火山一样地爆发了。

"什么,你这个黑鬼!你竟敢说我做得不对?这么说,你认为打这个女人是不对的啰?"

"是的,老爷。露西病了,再用鞭子打她太残酷了。"

汤姆说话的声音虽然很温和,但他的态度十分坚决。雷格里气得发抖,那双发绿的眼睛凶光四射,就连络腮胡子也气得竖起来,但他尽量压制着自己的怒火对汤姆说:

"别忘了,汤姆,我是你的主人,不管是你的肉体还是灵魂,我都一块儿买下来了,你还有什么理由反对我呢?"说着,雷格里用笨重的皮靴狠狠地踢着汤姆叔叔。

"不!不!老爷,我的灵魂永远不属于你,你没有买下我的灵魂,也无法买下我的灵魂,我的灵魂是属于上帝的。"

"那么,我是治不了你了?"雷格里冷冷地笑道,"山宝、昆宝,把他拖出去,给我狠狠地打!"

于是,这两个可怕的恶魔,像老鹰抓小鸡一样把遍体鳞伤的汤姆叔叔架了出去。可怜的女人吓得昏了过去,其他的人也胆战心惊地说不出话来。

凯西的反抗

看哪,受欺压的流泪,欺压者有势力。因此,我赞那已死的死人,胜那我赞那仍活着的死人。

《圣经·旧约·传道书》第四章第一节

这是一个蚊子猖獗的闷热的夜晚,已遭毒打的汤姆叔叔,独自躺在一间破屋子的角落里,痛苦地呻吟着。他的伤口流着血,嗓子干得冒烟,全身像火烧一样难受,加上可恶的蚊子的骚扰,使他肉体上的痛苦达到了顶点。

"上帝啊,救救我吧!"陷入绝境的汤姆在极度的痛苦中祈祷着。

这时,汤姆听到一阵脚步声,接着一盏马灯的光影移在了他的脸上。

"是谁呀?看在主的份上,请给一点水喝吧!"

"喝吧,多喝点儿,"她说,"我知道很难受,这不是我第一次半夜起来给像你这样的人送水。"

"谢谢你,夫人。"借着微弱的灯光,汤姆认出来者正是白天跟他一起摘棉花的凯西。

"别叫我夫人,我跟你一样,都是可怜的奴隶。"

长期护理被残酷打伤的病人,使凯西积累了一套治伤的经验。她把一小块草垫拖进来,在上面铺好了用冷水浸过的亚麻布,然后让汤姆滚到上面去。

汤姆浑身是伤,一动就痛得要命,费了好大工夫才把他弄到草垫上去。汤姆的伤口一贴在凉凉的亚麻布上,就觉得好多了。

"谢谢你,凯西。"汤姆再一次地表示感谢。

"汤姆,你很勇敢。可是,对于雷格里那样的恶棍,你只是在浪费时间。他太厉害了,你还是死了这条心吧!"

"哦,上帝,我怎么能死了这条心呢?"

"这个世界上有上帝的话,他一定是站在恶人那边。"凯西说。

汤姆闭上眼睛,无视上帝的话让他不寒而栗。

"我什么都失去了,可是,我不能连天国也失去,变成像雷格里一样坏的男人。夫人,这里有《圣经》,如果你能够给我念一点,我将很感谢。"

凯西拿起那本破旧的《圣经》,以一种轻柔的声音念给汤姆叔叔听,她为经文里的故事感动得痛哭流涕,汤姆叔叔也泪如泉涌。

"我是为了原谅那个男人,才活在这里的。"汤姆叔叔哽咽地说。

"我对那些人很了解,明天他还会让你痛苦的,一想到这些,我的心就一阵疼痛。"

"上帝会帮助好人的。"

凯西叹了一口气,悠悠地看着别处,诉说她自己的遭遇。

"我的父亲是个白人,母亲是父亲的奴隶。父亲从小就很疼爱我,让我过着无忧无虑的生活。他很想使我成为一个自由人,可是在我十四岁的时候,他突然去世了。于是母亲便带我在乡下的娘家住。"

"在那里我认识了一个男孩子。我们两个人非常相爱,我爱他更甚于爱上帝、爱自己的灵魂,和他结婚是我的梦想。"

"他从没有嫌我是个奴隶,他爱我,曾经花钱把我买回来,让我自由地生活。但是,他说不能和我结婚,却说真心爱着我。"

"虽然我们没有结婚,但我们过着真正的夫妻生活,还生了一个女儿。你不知道,那时候我多么幸福啊!可是好景不长,丈夫交上了坏朋友,把他带去赌博,最后输了钱,欠了一大笔债,不得不把我和孩子卖掉,而买主就是那个坏朋友。这个人骗了我的丈夫,又把我的孩子卖到别的地方去。我想杀掉这个可恶的男人,可是失败了。他把我卖给奴隶商人,最后,终于被卖到这里。"

"雷格里一直没有让我干田里的活,他让我在身边照顾他的起居饮食。我跟他一起生活了五年。可这五年中我日日夜夜都在诅咒我生活中的每一刻!如今,他又弄了一个新女人来,年纪很小,只有十五岁,她说她受到的是最虔诚的教育,她那好心的太太教她读《圣经》,她把《圣经》也带来了。真是见鬼!"

凯西的情绪很激动,她停了片刻之后又说:"过去我一直是相信上帝的,可是,经过了那么多的噩梦之后,我就什么也不相信了。"

"还有什么要我帮忙的吗?可怜的朋友。"她向汤姆走过去,说道,"再喝一点水吧。"

她说话的声音和态度优雅、亲切,和先前的狂野判若两人。

汤姆叔叔喝了水,恳切而怜悯地看着她的脸。

"夫人,上帝一定会滋润你的灵魂,你一定能去天国的。"

"上帝不在这儿,这里只有痛苦和绝望。"

汤姆叔叔想说什么,但凯西示意他不要说话。

"尽量睡一会儿吧,汤姆。"

凯西把水瓶放在汤姆身边,然后,悄无声息地走了。

一束金发

纸包里包的是一束金灿灿的长发,那是伊娃小姐的遗物,却唤起了雷格里久违了的回忆,激起了他内心深处的不安和恐惧。

雷格里坐在卧室里,独自喝着闷酒。想着白天发生的一切,他似乎有些烦躁。

"该死的山宝,在这样农忙的时节,又害得我损失了一个干活的好帮手。"

"你不经常干这样的蠢事吗?"凯西轻手轻脚地走进来,正好听见了雷格里的自言自语。

"你回来了?"雷格里惊喜地说。

"是呀,我回来了。"凯西说,"不过我想干什么就干什么!"

"你最好是听话一点,宝贝。不然,我饶不了你。"雷格里威胁她说。

"别惹急了我,我可是有魔鬼附身的哟!"凯西咬牙切齿地说。

"凯西,"雷格里诚恳地说,"你为什么就不能像过去一样跟我好好地相处呢?"

"跟过去一样!"凯西悲愤地说。新仇旧恨一起涌上心头,使她的全身颤抖起来。

对于残暴的雷格里,凯西一直有着一个刚烈女子所具有的震慑力。近来,她的脾气越来越暴躁,有时甚至像疯子一样地歇斯底里。特别是雷格里把埃默林带回来后,她的内心更是起了一场强烈的风暴。为了捍卫埃默林的尊严,她跟雷格里发生了激烈的争吵。雷格里甚至威胁说,她要不老老实实就要她去干活。凯西说她情愿去干活,所以她今天就去了,这是对雷格里的一种挑战、一种蔑视,同时也是一种潜在的威胁。不知为什么,他有时候竟有些怕她。

"在汤姆这件事上,我的确应该负责任。"雷格里说,"不过,他要是再这样犟下去,可没有好果子吃,我非折断他的骨头不可。"

这时门开了,山宝走了进来。非常神秘地把一个纸包递给雷格里。

"这是什么?"他问。

"我想一定是避恶驱邪的东西,汤姆挂在脖子上的。"

和大多数不信上帝的人一样,雷格里很迷信。他不安地接过纸包,很恐惧地打开来。

纸包里包的是一块亮闪闪的银圆和一束金灿灿的长发。那银圆是谢尔比少爷送给汤姆叔叔临别的礼物,那束长发是伊娃小姐的遗物。

金色的鬈发像有生命似的缠绕在雷格里的手指上。

"见鬼。"雷格里的脸立刻涨得通红,从椅子上跳起来,狂暴地摔着手,好像头发咬他的手似的。"拿走,赶快拿走,别让我看见这些鬼东西!"他一边尖叫着,一边把头发扯下来,往火盆里扔。

山宝吓呆了,大张着嘴站在那里。正要出门的凯西停下脚步,极其惊讶地看着雷格里。

"滚——给我滚远些!"雷格里拿起银圆向山宝狠狠地砸去,山宝慌不择路地逃走。

凯西也乘他不备赶紧溜出去照顾汤姆。

房间里只剩下他一个人,为了掩饰内心的恐惧和不安,他开始拼命地喝酒。

这束金发让他想起了自己的童年,想起了母亲。在他心里,母亲一直是一块不可触摸的伤痛。雷格里的母亲是一位虔诚的基督徒,在雷格里小的时候,她曾对他寄予很大的希望。可是随着他渐渐地长大,他残暴、冷酷的天性显露出来,他开始不服管教,把母亲的话当作耳边风。年纪不大就开始了海上的漂泊生涯。

他的母亲要他改恶从善,可是,无论如何也唤不醒他的灵魂。他喝酒骂人,更加狂暴凶狠。有一天,他的母亲在绝望的痛苦中跪在他的脚下,可是他一脚把她踢开了,她昏倒在地,他却逃回到船上,又开始了漂泊的生活。

有一天,他正和一群醉鬼在一起饮酒狂欢时,一封信送到他的手上。他打开信封,一束金发缠绕在他的手上。信上说,他的母亲已经去世,临死前她为他祝福,并且原谅了他。

雷格里受到良心的谴责,他把母亲送给他的金发烧掉。眼看着付之一炬的发丝,雷格里觉得那好像是地狱之火在燃烧,他的心中闪过一阵恐惧。为了忘掉这一段可怕的记忆,他整日沉浸在酒池肉林中,过着醉生梦死的生活。

"他从哪儿弄来的这东西?我不是把它烧了吗?我好不容易把这事给忘了……"雷格里一边喝酒,一边吼骂着。他环顾四周,房子里空荡荡的,一种强烈的孤独感油然而生。

"埃默林,你这鬼丫头,我一定要把你抓来不可。"说着扔下酒杯,摇摇晃晃地走下楼梯。

雷格里在楼梯脚下停住,听见有一个声音在唱歌。那歌声仿佛是从地底下发出来的,在这阴森恐怖的旧宅子里听起来就像鬼的声音:

啊,那时将感到悲痛,悲痛,悲痛,
啊,在基督的最后审判席上将感到悲痛!

不知是心虚,还是神经紧张的缘故,雷格里听到这歌声,他的腿竟有些发软,头上冒出豆大的汗珠,心脏开始狂跳不已。可那歌声依然固执地响起,拼命地往他的耳孔里钻……雷格里停止叫喊,灰溜溜地

逃回他的卧室。

"我一定是中邪了,要不,我怎么会全身发抖呢!那些头发不是被我烧掉了吗?怎么能起死回生呢?这太怪了——太怪了!"

雷格里一边自言自语,一边把已经进入睡眠状态的狗踢醒来给他做伴,他的心情灰暗到了极点。

"为世界除掉这样的恶棍是罪过吗?"凯西曾不止一次地这样问过自己。

两个女人

看哪,受欺压的流泪,且无人安慰;欺压他们的人有势力,也无人安慰他们。

凯西走进房间,发现埃默林吓得蜷缩成一团,躲在角落里。

"埃默林,你怎么啦?"凯西柔声唤道。

"啊,凯西,是你吗?可把我吓死了!"埃默林紧紧地抓住凯西的手,心有余悸地说。

"别怕,孩子,我会尽力保护你的。"

"好凯西,我们逃吧,逃得远远的。"

"逃不掉的,你没有看到那些恶狗吗?它们会把我们咬碎的。"凯西叹了一口气说,"我现在最担心的是汤姆,要是还这么犟下去的话,还不知他明天的命运怎样呢。"

"太可怕了,凯西。"埃默林说,"告诉我该怎么做,昨天,他逼着我喝酒,我不喝,他就打我。"

"其实,酒是最好的麻醉剂,你要喝了,一切也就显得没那么可怕了。"

"可是妈妈告诉我,决不可碰那种东西呀!"埃默林说。

"妈妈说的有用吗?别人出钱买我们,我们的一切都不属于自己。要是能喝酒,事到临头会没那么痛苦。"

"救救我,凯西。"埃默林可怜巴巴地说。

"我怎么救你呢?我不跟你一样吗?我也有女儿,可是还不知被他们卖到什么地方去了。或许他们也会走妈妈的老路,一代一代永远没有个头。"

　　自从看到那束金色的头发后,雷格里每天借酒浇愁,情绪糟透了。一天晚上,他做了个梦,梦见那束金色的长发缠得他喘不过气来。惊醒之后,他仍心有余悸地打不起精神。这种莫名的恐惧感,使他更加重了对汤姆叔叔的怨恨。

　　"喂,起来,你这个黑鬼!"

　　雷格里突然仇恨地用脚踢着汤姆叔叔的身体。

　　体无完肤的汤姆叔叔,费了好大劲儿才从地上爬起来,平静地注视着满脸怒气的雷格里。

　　"你还很不错呀,汤姆。还能够站起来!"突然换成一副笑脸的雷格里,显得更加阴森可怖。

　　可汤姆叔叔毫无惧意,仍坚定不移地站在主人面前。

　　"跪下吧,你这条狗——"雷格里说着狠狠地踢了汤姆叔叔一脚。汤姆一阵摇晃,但没有倒下。

　　"老爷,我做不到。"汤姆叔叔说,"无论什么时候,我都不会做对不起自己良心的事。"

　　"我要把你放在火上,慢慢地烧死,到那时候,你就不会有这么坚强了。"

　　"我知道,老爷。你是什么事都干得出来的。可是肉体死亡之后,灵魂就能够得到永生了。"汤姆叔叔神往地说。

　　"我会让你屈服的!"雷格里暴跳如雷,他挥动沉重的铁拳,狠狠地朝汤姆叔叔打去。汤姆叔叔被打倒在地。

　　正在这时,一只冰凉柔软的手放在了雷格里的手上,那是凯西的手。雷格里的脑子里立刻闪现出昨夜的梦境,他的心里为之一惊。

　　"不要再打他了。把他交给我吧!"凯西尽量柔和地说,为的是缓解雷格里的怒气。

　　"好吧,汤姆,今天便宜了你,可是你要给我好好地记住,谁是你的主人。"说着,雷格里拂袖而去。

"怎么样,汤姆,伤得很厉害吗?"凯西关切地说。

"谢谢你,你真是上帝派来的天使……"

汤姆叔叔的伤尚未痊愈,就被雷格里叫到田里采棉花。汤姆叔叔每天拖着病体,比一般人更辛勤地工作,可仍遭到雷格里的百般刁难。他的身体已经十分虚弱,连读《圣经》的力气都没有了。

尽管如此,汤姆叔叔对上帝的虔诚依然不改。他一直坚信,上帝决不会对那些恶人的罪行视若无睹,清算的日子一定会来到。在深切的痛苦和哀伤中,他拼命地压制着怨恨的思想——信奉上帝毫无用处,上帝已经忘记了他。他始终希望奥菲利亚小姐写给谢尔比太太的那封信能够产生奇迹,他天天盼着他们派人来赎他。

有一天晚上,他疲惫不堪地坐在一堆快要熄灭的火边烤玉米饼,他往火堆上加了几根树枝让火烧得旺一点,然后从口袋里拿出那本破旧的《圣经》。那些他做了记号、曾经多少次使他的灵魂激动无比的段落都在里面:都是自古以来主教、先知、诗人和圣贤说的给人以勇气的话,是生活在我们中间的无数的见证人的声音。是这些话失去了力量,还是昏花的眼睛和迟钝的感觉已不再能感受到那巨大的启示的触动?他沉重地叹了一口气,把《圣经》放在口袋里。

这时,汤姆叔叔突然听到一阵卑鄙的笑声。他抬头一看,赫然发现雷格里站在面前。

"怎么样,老伙计,你的宗教不灵了吧?"

这句话对汤姆叔叔来说,比饥饿和寒冷更加严酷。汤姆叔叔默默地坐在那里,什么也不想说。

"你真傻呀,汤姆。"雷格里恨铁不成钢地说,"我把你买来,本来是想让你比山宝和昆宝过得更舒服,可是,你偏偏不听话。你为什么不能放明白一点呢?汤姆,把那东西烧掉吧,这样,你就会聪明起来。"

"不管怎样,我都会相信上帝的。"汤姆叔叔紧紧地捂着口袋里的《圣经》。

"可是，如果上帝会帮助你的话，你又怎么会落在我手里呢？不要相信那些废话了，汤姆。"雷格里说着对汤姆啐了一口，又踢了他几脚，"等着瞧吧，汤姆，我会叫你屈服的。"说完，扬长而去。

这种残暴的举动反而使汤姆变得更坚韧、更执着，尽管主人对上帝的取笑，把他的情绪推到最低潮，但信仰之手仍紧紧地抓住那永恒的岩石不放。蒙眬中，周围的一切仿佛都消失了，眼前显现出一个头戴荆棘冠、被打得遍体鳞伤的人的身影。汤姆敬畏而惊奇地注视着那张崇高、坚韧的面孔，那双深邃而忧郁的眼睛深深地打动了他的心。他的灵魂醒了过来，他充满激情地伸出手来跪倒在耶稣的面前，展现在他面前的是一张充满慈爱而安然的面孔。汤姆叔叔跪了很久，等他醒来火已熄灭，而衣服也被露水打湿。但是，汤姆叔叔的内心却充满喜悦安详，对肉体的痛苦和寒冷已毫无知觉。

现在任何人都不能扰乱汤姆叔叔的平静了，因为他心里只有上帝赐予的祥和与宁静。

所有的人都注意到了汤姆的变化，愉快和机敏又回到了他身上，他成了一个全新的人了。

"汤姆那家伙，怎么像变了个人似的？"雷格里不解地问。

"或许，他准备逃跑吧。"

"如果他想逃跑的话，那倒是很有趣的，你说是不是啊，山宝？"

"当然，等他跑到沼泽里，动弹不得的时候，再把狗放出去……到时候可好玩呢！哈！哈！哈！"

看到汤姆叔叔那副与世无争的怡然神态，雷格里对他恨得咬牙切齿。

"该死的狗东西……"

雷格里每次看到汤姆，都要挥动他的鞭子狠狠地打他，仿佛不这样，他的心里就无法安宁。但是，鞭子只落在汤姆叔叔的肉体上，而无法破坏他内心的平静。雷格里感到，他对这个奴隶的控制已经不存在了，他第一次对自己的行为产生了怀疑。

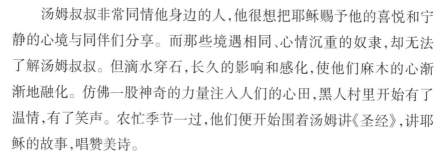

汤姆叔叔非常同情他身边的人,他很想把耶稣赐予他的喜悦和宁静的心境与同伴们分享。而那些境遇相同、心情沉重的奴隶,却无法了解汤姆叔叔。但滴水穿石,长久的影响和感化,使他们麻木的心渐渐地融化。仿佛一股神奇的力量注入人们的心田,黑人村里开始有了温情,有了笑声。农忙季节一过,他们便开始围着汤姆讲《圣经》,讲耶稣的故事,唱赞美诗。

雷格里开始害怕起来,不止一次地驱散了这种聚会。他对汤姆越发地恨之入骨。

汤姆叔叔就像一汪甘甜的泉水,使那些干枯的心灵得到了不同程度的滋润。就连那个信仰被冤屈所摧毁的女人露西,在无意中听了他的祈祷,也觉得备受鼓舞,看到了生命的曙光。

曾经一度疯狂绝望的凯西,也在他的感化下,放弃了杀人复仇的计划,回归人性,恢复了平静。

那是一个月光如水的夜晚,万籁俱寂,已经入睡的汤姆,被凯西从小屋里叫出来。

"汤姆老爹,你想得到自由吗?"凯西的眼睛闪着奇异而疯狂的光,紧紧地抓住汤姆叔叔的手腕急切地说。

"是的,凯西小姐。我渴望自由,但自有上帝安排。"

"那么,你今晚就可以自由了。"凯西的精神异常振奋,以至说话的声音都有些颤抖,"跟我走吧,汤姆老爹。"

"去哪儿,凯西?"看到近乎疯狂的凯西,汤姆的心里有一种隐隐的担心。

"跟我来呀,"凯西的手劲大得惊人,她完全被一种情绪控制着,"他睡着了,我往他的酒里放了安眠药。砍死他吧,他的房门开着,斧子在门的后面。要不是我劲儿小,我差不多自己动手了。走啊,汤姆老爹!"

"你这不是犯罪吗?凯西!"汤姆说。

"可是多少生命断送在他的手里,多少屈死的灵魂要找他清算,我只是代那些死去的同胞行使我的权利而已。别拦我,汤姆,他的末日到了,我要让他死无葬身之地!"

"你决不能这么做,不能。"汤姆坚决地说,他停下脚步,拉住急急往前走的凯西。

"不行,我一定要让他死,你要是不敢干,我自己来!"凯西倔强地说。

"啊,凯西小姐,"汤姆跪倒在凯西的面前,"看在死去的基督的份上,你饶了他吧。上帝会惩罚他的,一定会惩罚他的!"

汤姆声泪俱下的劝阻,终于起了作用。她眼中那可怕的怒火渐渐熄灭,她仰起头,对着浩瀚的夜空深深地叹了一口气。

"汤姆老爹,自从我的孩子被卖后,我的心里就只有仇恨和诅咒,我无法祈祷,也无法像正常人一样地生活,我的心里时时刻刻想的是如何复仇。"

凯西站在那里,从那低垂的眼睛里流出大滴大滴的泪珠。

"凯西,你逃吧,带着埃默林逃吧,我来帮助你们。但是,决不能流血。"

"你和我们一想逃吧,老爹。"

"不,"汤姆说,"我不能走,哪怕能给这些可怜的人一点点慰藉,我也算没白活在这个世界上。可你们不一样,走吧,离开这个陷阱吧!"

"可是这里连蚊子也飞不出去,我能有什么办法呢?"

"相信上帝吧,他一定会拯救你的。我将竭尽全力为你祈祷。"

一个奇异的火花在凯西的脑际一闪,她立即兴奋起来:"老爹,有一个办法,我一定要去试一试!"

"愿上帝保佑你,凯西。"汤姆叔叔说。

女奴的计划

每当夜晚来临,那上面就传来阴森可怖的哭泣声,那哭声随着风声传出很远,仿佛鬼怪在那里呜咽……

雷格里现在住的宅子,像许多富丽堂皇的宅子一样,也曾经有过辉煌。但是,自从那位破了产的主人搬走以后,这里就萧条冷落起来。那空无人迹的阁楼更是如此。那上面不仅有主人尚未搬走的豪华家具,有灰尘、蛛网和搬运家具的大包装箱,还有各种版本的鬼故事。

据说,几年前,一个女黑奴惹恼了雷格里,他一气之下把她在上面关了几个星期,究竟发生了什么事谁也不清楚。只是自从那个女人的尸体抬下来被埋掉之后,每当夜晚来临,那上面就传来一阵阴森可怖的哭泣声,那哭声随着风声传出很远,仿佛鬼怪在那里呜咽……越传越玄,不管是白天还是黑夜,几乎都没有人敢走进阁楼半步。雷格里听到风声,害怕得要命,他下令谁要是再散布阁楼的谣言,就把谁锁在上面一个星期。由于对阁楼的惧怕,从此,再也没有人提起阁楼的事。

为了达到某种目的,凯西没和雷格里商量,就大张旗鼓地开始搬家,刚遛完马回来的雷格里见了不解地问:

"凯西,你又发什么疯?"雷格里说。

"正因为我不想发疯,所以才想换个房间好好睡觉。"

"发生什么事了吗,凯西?"雷格里关切地问。

"我可什么也没有说,就想好好睡觉。"凯西固执地说。

"是什么鬼东西不让你好好睡觉了?"

"你如果真想知道,那我就告诉你。"凯西冷冰冰地说,"是扭打声、哭泣声,从半夜一直折腾到天亮。"

"那是谁在阁楼上呢?凯西。"雷格里的脸部神经痉挛着,心虚地问。

凯西抬起锐利的黑眼睛,直视着雷格里的眼睛,那眼睛里仿佛有一种阴森森的寒气:"你问我吗?西蒙,我还想问你呢。"

家具搬完后,凯西就在阁楼的墙缝里装上瓶颈。有风的日子,当风吹入瓶颈时,就会发出呜呜咽咽的低鸣,风大时呜咽声就会变成凄厉的惨叫声。对于迷信的人,听起来就像恐怖和绝望的哀叫。

雷格里家的仆人们,有时也会听到这种声音,于是阁楼上闹鬼的事又被传得风风雨雨,恐怖的气氛笼罩在宅子里。虽然没有人对雷格里说什么,但他能感觉自己被这种气氛包围着。

"你信鬼吗,凯西?"雷格里随便翻了一下凯西扔在桌上的鬼怪故事后,阴郁地问。

"你不信吗,西蒙?"凯西的眼睛亮闪闪地盯着他,直盯得他的心里有些发毛。

"我才不怕呢,这些无聊的东西吓不倒我。那些只不过是老鼠和风的声音。"雷格里闪烁其词地说。

"是吗,西蒙?"凯西依然用那种神秘的目光盯着他,"可是老鼠和风会开门吗?会走到你的床前,用冰凉的小手摸你吗?就像现在这样!"她把冰凉的小手放在他的手上时,他吓了一跳。

"没人这么做吧,凯西?"

"没有!肯定没有!"凯西露出嘲讽的神情说。

"你没见过吧,凯西?"雷格里可怜巴巴地说。

"你自己睡在那个房间里试试,你就会知道是怎么回事了。你听,那是什么声音?"

"什么声音?只不过是风声而已。"雷格里感到一阵莫名的恐慌。

"来,西蒙,"凯西拉着雷格里的手把他领到楼梯下,一阵疯狂的尖叫声自阁楼而来。雷格里立即吓得脸色煞白。

"你应该好好查查这件事,走吧,上面正闹得厉害。来吧,你知道这世界上根本没有鬼,上来呀!"凯西轻快地跑上楼梯。他听见她打开了通往阁楼的门。一阵狂风席卷而下,吹灭了蜡烛,伴随而来的是一阵阴森可怖的尖叫。雷格里疯也似的逃回客厅。

从此,雷格里把阁楼视为洪水猛兽,连多看一眼都不愿意。凯西乘此机会把一些食物和水运上去,又把她和埃默林的衣物也搬了上去。一切准备停当后,她又利用雷格里脾气好的时候,让他带她去了一趟附近那个坐落在红河岸上的小城。她把那条路记得滚瓜烂熟。

当天下午,雷格里到隔壁农场去洽谈生意,凯西和埃默林就趁着这个机会整理行李。

"走吧。"凯西对埃默林说。

"可是,天还没黑,他们能看到我们呢!"

"就是要让他们看见。可等雷格里回来找人时,我们已经跑过壕沟。因为壕沟里的水不会留下气味,所以狗也不会追过来。等他们走了以后,我们就回到阁楼上来。"凯西说完,便抓住埃默林的手逃出去。

当雷格里发现埃默林和凯西逃走后,立即召集人马追赶她们。

于是,埃默林和凯西就按原计划从后门进入无人的阁楼。

"你看,他们都跑到外面去追我们了。"

凯西看着远处移动的火把暗自好笑,然后,又从雷格里匆匆扔下的大衣口袋里,掏出钥匙打开抽屉,拿了一沓钞票做路费。

"别这么做,凯西,这是偷啊!"埃默林说。

"可钱能通神,小姑娘,那些偷取别人肉体灵魂的人,没有资格对我们这么说。现在走吧,阁楼上可舒服呢!"

"那些人真的不会来阁楼吗?"

"他们怎么有胆子来呢,这里有鬼呀!"凯西俏皮地说。

不久,楼下传来一阵嘈杂声,雷格里他们筋疲力尽地回来了。

埃默林害怕得全身发抖。

"镇静一些呀,埃默林。"凯西满不在乎地安慰她。

"别说话,他们会听见的。"埃默林紧张地说。

"要是他们真听见了,逃都还来得及呢。"凯西安慰埃默林说。

这是一个宁静的夜晚,忙碌了一天的人们很快进入了梦乡。雷格里一边诅咒自己的坏运气,一边发誓明天一定要找到埃默林和凯西。

汤姆叔叔之死

不要以为上帝已把正直的人抛弃
尽管连生活最平常的赠予也遭拒,
尽管受尽凌辱,
心也在踩躏下流血破碎。
要知道上帝记下了每一个悲惨的日子
每一滴辛酸的眼泪;
天国万年的幸福
将报偿他儿女在尘世的痛苦。

埃默林和凯西的出逃,使雷格里本来就暴躁的脾气坏到了极点。他把这股狂怒落到了毫无抵抗能力的汤姆身上。因为汤姆是唯一没有参加追捕的人,而且听到两个女人逃走的消息后,他那欣喜的举动,强烈地刺痛了他的心。

第二天,雷格里从别的种植园调来大批人马,带着狗和枪把沼泽团团围住,然后有计划地彻底搜了一遍。他恶狠狠地想:如果搜得到便罢,搜不到就一定不会让汤姆有好日子过。许多日子以来,汤姆的言行早已让他忍无可忍了。

"今天的搜捕又开始了。"凯西对埃默林说。从树节洞里可以看到,宅子前面的空地上有三四匹马在腾跳着,几条陌生的狗在兴奋地吠叫着,一副跃跃欲试的样子。

宅子前聚集了许多人,他们不是别的种植园的监工,就是雷格里城里的酒肉朋友,一个个喜气洋洋,仿佛过节一样。就因为两个逃跑的女奴,使他们平淡的生活增加了许多乐趣。

凯西缩回身子,非常疲惫地说:"孩子,要不是为了你,我真想出去让他们一枪打死。自由对我又有什么用呢?我没有家,也没有孩子,一点儿希望都没有了啊!"

"凯西,你别这样想。"埃默林说,"我也找不到我的妈妈了,就让我做你的女儿吧,我会好好地爱你的。"埃默林温柔地抚摸着凯西的手说。

"孩子,"凯西坐下来,搂着埃默林的脖子,无限柔情地说,"别让我爱上你,我的心再也经不起蹂躏了。这些年来,无论是醒着还是在梦里,我一刻也没有停止过思念我的女儿,如果上帝能够可怜我,把女儿还给我的话,那我就能够祈祷了。"

"上帝会垂青于你的,凯西。"埃默林安慰凯西说。

这时,搜捕的人回来了,可是仍然一无所获。雷格里阴沉着脸,歇斯底里地咆哮道:"给我把汤姆揪出来,我要剥他的皮!我要抽他的筋!"

山宝和昆宝得令而去。

汤姆一听到召唤,就知道最严峻的考验来了,他知道逃亡者的所有计划,同时也知道她们藏身的地方,更知道雷格里的凶残和暴力将会让他落到怎样的境地。他在心里一遍一遍地说:"上帝呀,请给我力量,来拯救那些苦难的人吧!"

"汤姆,你这回可跑不掉了,老爷正发怒呢。你最好把她们给交出来,不然,你死定了。"面对山宝和昆宝的威胁,他处之泰然。在那一瞬间,他的眼前闪过他的一生,他知道,他永恒的家已临近,解脱的时候就要来了!

"喂,汤姆,"雷格里凶狠地抓住汤姆的衣领,反手就是几巴掌,"你知道吗,我今天就要让你见阎王。"

"我想到了,老爷。"汤姆平静地说。

"我已经下了决心,汤姆。如果你能把那两个女人的下落告诉我,可以免你一死。你听见了吗?老黑鬼!"雷格里暴跳如雷地吼叫道。

"我没有什么可说的,老爷。"汤姆从容不迫地说。

"说!你知不知道?"雷格里跳起来狠狠地打了汤姆一拳,鲜血立刻从他的鼻子里流出来。

"我知道,但我不会说。"

"如果你不说,你就活不过今晚,我要把你身上的每一滴血都榨干。"

汤姆抬头看了看主人说:"老爷,如果你病了,需要我的血,我会给你的;如果你要忏悔,需要我的血拯救你的灵魂,我也会给你的!老爷,不要再让你的灵魂背上沉重的枷锁,否则,你的苦难永远没有个头。"

"是吗?"雷格里听了汤姆的话,脸上闪过瞬间的迟疑,然而,邪恶的本性很快占了上风,他恶狠狠地将汤姆打倒在地,拳脚相加又踩又踢。汤姆的脸上、身上到处都是血。可是他仍不解恨,抄起皮鞭没头没脑地朝汤姆抽去,汤姆在地上翻滚、挣扎,整个的变成了一个血人。不久,便渐渐地不动了。

"他已经不行了,老爷。"山宝说,汤姆的毅力给了他一种巨大的压力。

"打,继续打,我要打得他皮开肉绽,要让他的每一个毛孔都流血,看他坦白不坦白!"

"你真可怜。"汤姆睁开眼睛看了主人一眼说,"你已经失掉了灵魂,祈祷吧,我会宽恕你的。"说着昏了过去。

"这回他真的完了。"雷格里走上前去,踢了汤姆一脚。可是,他一点反应都没有了。

"他终于闭上他的嘴了。"说着,雷格里长嘘了一口气,有些落寞地离去。

可当山宝和昆宝把他拖到小棚子里安顿下来时,他又苏醒过来,用残存的一点力气开始祈祷。那奇妙的语言和虔诚的举动,深深地打动了两个禽兽般的黑人的心。

"我们做得太狠了,简直不是人哪!"

"是啊,但愿这笔账不要算在我们头上。"

愧疚之余,他们用废棉花给他洗了伤口,又弄了一张简陋的床让他躺下,还从雷格里那里讨了一杯酒,灌进汤姆的嘴里。

"啊,汤姆!"昆宝说,"我们太对不起你了。"

"我不怪你们,我真心诚意地宽恕你们!"汤姆虚弱地说。

"那个整夜都在支撑你的耶稣是谁呀,汤姆?"

"啊,他很了不起。为了受苦受难的人,他情愿献出自己的生命。"汤姆喘着气,给他们讲了他的一生,他的死,他永恒的存在,以及他拯救世人的力量。

"啊,主啊,饶恕我们吧!"两个凶残的人哭了。

两天以后,一辆四轮马车停在了种植园的门口,一个英俊洒脱的青年人走下马车,要找种植园的主人。他就是汤姆叔叔最钟爱的少爷乔治·谢尔比。他历尽艰辛才找到这里。

他很快被带到雷格里的面前。

"先生,据我了解,"年轻人说,"你在新奥尔良买下了一个叫汤姆的黑奴,他从前是我父亲的奴隶,我今天来是想把他赎回去。"

雷格里傲慢地看了乔治一眼,怒气冲冲地说:"那个黑鬼?我可上了大当了,他不仅不听话,还挑唆我的黑鬼逃跑,我把他打了一顿,说不定已经死了。"

"他在哪儿?"乔治的眼睛里冒着怒火,克制地问。

"在那边的小棚子里。"一个给乔治牵马的小黑奴说。

乔治鄙夷地看了雷格里一眼,转身朝小棚子走去。

自从那不幸的一夜后,汤姆叔叔已经躺了两天了。他全身的神经系统已经被破坏,一点痛觉都没有了。只有那倔强的灵魂还迟迟不肯离开那疲惫的肉体。

乔治走进小棚子时,立刻觉得天旋地转,痛不欲生。他飞快地扑到汤姆叔叔的身边,撕心裂肺地喊:"汤姆叔叔!汤姆叔叔!你醒醒——醒醒啊——汤姆叔叔!"

这声音具有一股强大的穿透力,唤醒了垂危的汤姆叔叔,他动了一下,微笑着说:"耶稣能使濒临死亡的病床,柔软得和羽毛枕头一样。"

乔治少爷的鼻子酸酸的,眼中流下了同情的泪水。

"汤姆叔叔,你醒醒吧,我是乔治少爷啊,你看看我吧——看看我——"乔治少爷早已泣不成声了。

"乔治少爷?"汤姆叔叔一阵短暂的恍惚之后,终于认出了乔治少爷。

"是你吗?少爷。我等得好苦啊!你终于来了,我心里多么温暖,多么高兴啊!感谢上帝,我死而无憾了!"

"汤姆叔叔,你不会死,你不能死,我好不容易才找到这里,我要把你赎回去,我要带你回家啊!"乔治少爷激动地说。

"少爷,你来得太晚了,上帝已赎回了我,带我回到永久的家,那里要比肯塔基好啊!"

"啊,汤姆叔叔,我可怜的汤姆叔叔——"少爷小声而悲切地哭着。

"少爷,我不再是一个可怜人了,我已站在了天国的门口……"汤姆叔叔紧紧地握着乔治的手说。

"少爷,拜托你,千万不要把我现在的情景告诉可怜的克洛,她会伤心的。你只要告诉她,我已经到天国去了,耶稣会经常在我的身边,我很快乐,也很幸福……告诉孩子们,一定要做个好人。还有先生和善良的夫人、同伴们……代我问候他们,告诉他们,无论在哪里,我永远爱他们。哦,乔治少爷,做个基督徒多么光荣啊……"

这时,见到小主人的快乐已渐渐从汤姆叔叔的脸上消失。他衰弱地闭上眼睛,宽阔的胸脯急剧地起伏着,一种神秘的光环笼罩着他,报信的天使来了,他含笑长眠在他最爱的人的怀里……

乔治悲伤地回过头,看见雷格里站在门口。

"这个人已经被你折腾死了。这具尸体你要多少钱?我要把他带走。"乔治少爷怒视着雷格里,真想把他一拳打倒在地。

"我不会卖死人的,"雷格里说,"你爱怎么样就怎么样吧。"雷格里仍毫无悔意。

于是,乔治对两三个黑人说:"伙计们,帮我把他抬到我的马车上去,再给我弄把铁锹来。"

一个去拿铁锹,另外两个帮着乔治把汤姆叔叔抬到马车上。

雷格里看着乔治指挥他的黑奴,他什么话也没说,只是站在那里满不在乎地吹着口哨。

乔治把自己的大衣铺在马车里,把车座移开,好让汤姆叔叔躺得舒服一些。

"我现在什么话也不想跟你说。可是你置人于死地,我会控告你,等着吧,无辜者的血不会白流的。"乔治悲愤地说。

"可是,"雷格里轻蔑地说,"你到哪里去找证人呢?先生。"

乔治立刻明白过来,在南方所有的法院里,黑人的作证是一文不值的,而这个种植园没有一个白人。他气得全身冒火,就像一座随时都可能爆炸的火药库。

"其实,为了一个黑鬼,你没有必要这样冲动的。"雷格里冷冷地说。

"你这个狼心狗肺的东西,看我怎样收拾你!"年轻气盛的乔治再也忍不住心头的愤恨,一拳就将雷格里打倒在地。

不知是因为害怕还是心虚,雷格里从地上爬起来,看着渐渐远去的马车,什么话也没有说。

马车驶过一大片棉花地,来到一块干燥的沙丘旁停下来。两个黑人很快就挖好了墓坑。

"我帮你把大衣拿下来吗?先生。"一个黑人说。

"不,这是我唯一能给他的了,跟他一起埋掉吧!"

他们把汤姆叔叔的遗体放进墓坑,堆好了墓,又铺上了一层绿草皮。

突然,乔治少爷泪如雨下地跪倒在坟前,哽咽地说:

"汤姆叔叔,我向你起誓,从今以后,我将尽最大努力来废除这该死的奴隶制度。你安息吧,我一定会做到的。"

汤姆叔叔的坟前,没有墓碑,也没有其他的任何标志,但上帝知道他安眠在这里。

鬼的真面目

在半梦半醒之间,他觉得门在一点点打开,他的手脚一点点动弹不得。突然,他惊醒过来,见门大开着,一个白色的影子飘进屋里……

雷格里庄园闹鬼的事,很快就在黑人中间传得沸沸扬扬。他们或窃窃私语,或低声谈论的不外乎是在夜深人静的夜晚,有一个穿白衣服的幽灵在宅子附近游荡;时而,穿过沉寂的楼梯进入那不吉利的阁楼;时而发出如狼嚎一般的低鸣,出入雷格里的卧室。雷格里整日精神恍惚,烦躁不安,为了忘掉那可怕的恐惧,他拼命地用酒精来麻醉自己。

汤姆叔叔死后的那天晚上,他骑马到附近的城里去饮酒作乐,回来已经很晚了,便非常疲惫地锁上门,上床睡觉了。可是睡到后半夜,他觉得有什么东西总在骚扰他,而且还不时发出可怕的尖叫声和呻吟声。他拼命地挣扎着想醒过来,可就在半梦半醒之间,他觉得门在一点点打开,他的手脚一点点动弹不得。最后他一惊翻过来:门真的开着。一会儿,一个白色的影子轻飘飘地走进屋里,两只冰凉的手摸着雷格里,发出低沉的声音说:

"来,来,来……"当他恐怖得全身出冷汗躺在那里时,鬼影消失了。他跳下床使劲拉开门,门关着,锁得好好的。他吓得昏了过去,一头栽倒在地。

就在鬼影出现在雷格里房间的第二天早晨,黑奴们发现家里的门被打开,并有人看见两个白色的影子在路上奔跑着。其实,她们就是埃默林和凯西。

她们俩逃出来以后,凯西一身西班牙血统的克里奥耳女子的打扮,而埃默林则扮成她的女仆。她们双双出现在一家小旅馆里。

最凑巧的是汤姆叔叔的小主人乔治·谢尔比,也在这家旅馆里等下一班船。凯西曾在阁楼的小孔里看见他把汤姆叔叔的尸体运走,也看到他打在雷格里脸上的拳头。后来,当她在天黑以后扮成鬼的样子悄悄地走来走去时,从黑人的议论中知道了他和汤姆叔叔的关系。

黄昏时船靠岸了,乔治·谢尔比扶着凯西上了船,而且还费力地给她弄到了一间特别房舱。他总觉得这位夫人有些眼熟,可又一时想不起在哪里见过。

凯西感受到了乔治目光的注视,心里开始有些不安,最后她索性把自己的情况向他和盘托出。

听说是从雷格里的种植园里逃出来的人,乔治对她的境遇相当同情。他决定一定要帮助她们脱险。

凯西隔壁的房舱里,住的是一个带着十二三岁小女孩的德都夫人。她曾经在肯塔基州住过半年,当她听说乔治是肯塔基州人的时候,就走过来对乔治说:

"你知道一个叫哈里斯的人吗?"

"我知道。他就住在我家附近。"乔治抬头探询地望着德都夫人说。

"那你认识一个叫乔治的混血青年吗?"德都夫人仍然漫不经心地问。

"哦,你说的是乔治·哈里斯吗?我认识他,他和我母亲的女仆结婚了。可是现在已经逃到了加拿大。"

"真的吗?那太好了!"德都夫人的眼圈立即红了,掩饰不住内心的喜悦说,"他就是我弟弟。"

"是真的吗?夫人。"乔治感到非常惊讶。

"是真的。乔治·谢尔比先生,乔治·哈里斯是我的亲弟弟!请你告诉我他的详细情况,好吗?"德都夫人急不可耐地说。

"他是一个非常优秀的青年,聪明又有作为。他已经有一个漂亮的儿子了。"

"是吗?那么,乔治少爷,你能告诉我他的妻子是一个什么样的人呢?"

"哦,丽莎是个很不错的女人,不仅人长得漂亮,性情也特别的温柔贤淑。我父母都把她当自己的女儿看待。"

"她是在你们家出生的吗?"德都夫人问。

"不是,她是我父亲在新奥尔良买的。那时她才七八岁,因为人长得漂亮,所以价钱也很高。"

凯西在乔治的身后听到了这番话,脸色突然变得煞白,颤抖着问:"你父亲有没有提到卖主的名字?"

"好像叫西蒙吧!"乔治说。

"哦!上帝⋯⋯"凯西惊叫一声昏了过去,原来,丽莎就是她失散多年的女儿。

乔治和德都夫人都惊得跳起来,原来世上竟还有这么巧的事儿。于是,德都夫人和凯西转道加拿大,分别寻找她们的弟弟和女儿。

乔治和丽莎获得自由后,已经在加拿大居住了五年之久。乔治在一家规模庞大的机械厂工作,而年幼的哈里已经入学,丽莎又生了一个漂亮的女儿,一家四口过着温馨甜蜜的生活。

德都夫人和凯西到达加拿大后,好不容易才找到乔治和丽莎初到加拿大时接待过他们的传教士,通过他才找到线索,追踪到蒙特利尔。

傍晚时分,乔治和丽莎公寓的大客厅里,壁炉里燃着熊熊的火焰,茶桌上铺着雪白的桌布,看样子马上就要开晚饭了。

"乔治,放下你的书吧,"丽莎说,"你忙了一天了,过来休息一会儿。"

乔治听话地放下手里的书,走到茶桌旁来,小丽莎欢快地扑在爸爸的怀里。

"啊,你这个小东西!"乔治把她举过头顶,惹得她发出一串响亮的笑声。

"唉,一点也不像个爸爸的样子。"丽莎说着开始切面包。她看上去比以前丰满了许多,也漂亮了许多,很显然她是个幸福的女人。

"嗨,哈里,你的作业做得怎么样了?"乔治把女儿放下来,爱怜地抚摩着儿子的头,关心地问道。

哈里长大了,也帅气多了,但是长长的睫毛后面的那双美丽的蓝眼睛,一点儿也没变。

"爸爸,我做出来了,全都做出来了!"小哈里得意地说。

"是吗?我的乖儿子,你比爸爸那会儿幸福多了。"乔治若有所思地说。

这时,门铃响了,丽莎去开门。"哎呀,乔治,你看是谁来了!"丽莎把客人让进房里,兴奋地对她的丈夫说。

"哦,是你吗,大牧师!什么风把你吹来了?"乔治像孩子一样快活地叫道,同时,把两位女客让进屋里。

"乔治,你认不出我来了吗?我是你的姐姐艾米丽呀!"德都夫人迫不及待地搂住乔治的脖子,欣喜地说。

倒是凯西还冷静一些,可是,当她一看到摇摇晃晃的小丽莎时,她的方寸全乱了。那小小的命伢儿跟她多年前失散的女儿是多么的相像啊!那身材,那脸蛋,那微鬈的头发都和离开的时候的女儿一模一样。小家伙抬起头,探询地望着她的外婆。"啊,宝贝儿,我是你的外婆呀!"说着,凯西紧紧地把孩子搂在怀里。

好心的牧师被晾在一旁,他所有的计划都无法进行,他一再请他们冷静,可是他们谁也无法冷静,被阻隔了这么多年的爱一旦唤起,就像扑面而来的汹涌的潮水,把他们整个儿地淹没了!过了很久很久,仿佛一个世纪,他们终于苏醒过来,一起跪下,赞美他们心中万能的上帝!

由于德都夫人有法国丈夫留下的大笔遗产,他们一致决定,移居

法国。

埃默林的美貌赢得了船上大副的欢心,轮船抵港不久,她就成了他的妻子。

乔治终于完成了他的心愿,在一所法国大学学习了四年,获得了完善的教育。由于法国发生内乱,因此全家再度返回加拿大。可是,为了争取黑人的自由权利,乔治决定到非洲开拓自己的事业。不久全家又迁往非洲。

奥菲利亚小姐带着托普西移居在佛蒙特州,在那儿教导已变得十分乖巧的托普西。成年后,根据托普西本人的要求,她受了洗礼,成了一名真正的基督徒。最后,她成为一名人敬人爱的传教士,为孩子们传播福音。

最幸运的当然要算凯西了,经过多方打听,她找到了儿子,一家人终于团聚了。

走向自由

每当你们看到汤姆叔叔的小屋,就要想到自己难能可贵的自由,你们一定要听汤姆叔叔的话,做一个虔诚的基督徒……

乔治·谢尔比先生寄给母亲的信,上面除了抵达家门的日期外,并没有其他的字句。但全家人都兴奋而焦急地等候着他带着久别的汤姆叔叔回家。

谢尔比太太坐在舒适的客厅里,熊熊燃烧的炭火驱散了深秋的寒气。餐桌上早已摆好昂贵的银制餐具,那些美味的菜肴都已经做好,只等小主人和汤姆叔叔回来,便可端上桌来。

克洛婶婶今天的气色非常好,她穿着印花的新衣服,系着干净的白围裙,包着只有过年过节才包的漂亮的包头巾。她不时朝门外张望。脸上满是按捺不住的喜悦和期待。

"太太,你收到乔治少爷的信了吗?他到底怎么说的?"克洛婶婶说。

"收到了,克洛,只有一行字,说今天晚上尽量赶回家。"

"没提我那老头吗?"克洛有些不安地问。

"没有,他说等回家后再细说。"

"乔治少爷也真是的,他肯定是要亲自来告诉我这个消息。我连老头子最爱吃的饼都烤好了呢。上帝保佑,他走的那天我真难受,好在他马上要回来了。"克洛婶婶欢天喜地地说。

谢尔比太太接到儿子的信以后,心里一直很不安,她真怕这沉默的后面掩盖着纷扰。

"夫人,那些钱都还在吧?"克洛关切地说。

"在的,克洛。"

"我真想让汤姆看看,我在糕点店里赚的那些钞票。"

"好的,克洛,汤姆一定会夸你能干呢!"谢尔比太太和克洛露出一个会心的笑。

"他走了五年,孩子们都长高了,汤姆肯定认不出来了。还有那个小娃娃,老头子可喜欢呢!哎呀——回来了!"

这时外面传来车轮的行驶声。

"乔治少爷——"克洛的动作像年轻人一样的利索。

谢尔比夫人快步走到大门口,但只看见乔治独自从马车上下来。克洛婶婶的心往下沉,她似乎有一种不好的预感。

"哦!可怜的克洛婶婶……"乔治万分怜惜地握着克洛婶婶的手,眼圈儿红了,"如果我能把汤姆叔叔带回来,即使花掉我所有的财产,我也在所不惜……可是汤姆叔叔已经到一个更好的世界去了……"

"啊——"谢尔比太太惊叫一声,而克洛婶婶全身僵硬,什么话也没说。

餐厅的桌子上,堆着克洛辛辛苦苦赚来的钞票。

"啊,钞票有什么用,我早就知道他被卖到南方的农场去了,会被活活整死……"克洛婶婶瘫倒在椅子上,放声大哭起来。

"可怜的克洛……"谢尔比夫人轻轻地扶起她。

"啊,夫人,"克洛把头靠在女主人的肩上,呜咽地说,"请原谅我的无礼,我的心都碎了……"

"我知道,我知道……"谢尔比夫人说着泪如雨下,"虽然,我们没有办法帮助他,可是耶稣会守护他的……"

"我的心好痛啊——"克洛婶婶说。

乔治走上前来,紧紧地握住了克洛婶婶的手,简要地叙述了汤姆叔叔临终时的情景以及他充满爱心的遗言。克洛婶婶渐渐地平静下来。

大约一个月以后的一天,谢尔比家所有的奴隶都聚集在大厅里。

乔治少爷将奴隶获得自由的证书,交到每一个人手里。有的惊讶,有的哭泣,有的不知所措,有的甚至疑惧地把证明书交还给乔治。

"我们没有感到不自由,所以也就不想要更多的自由,我们不想离开这个住惯了的家,更不愿意离开夫人和少爷……"一个老黑奴呜咽着,代表同伴说。

"我的朋友们,"乔治等人们稍静一些后立即说道,"你们不用离开这里,你们可以把这里当作永久的家。只是从今以后,你们就是自由的人了,你们做工有工资可拿,你们的生命有了保障,你们再也不是商品,谁也不可以任意买卖你们了。汤姆叔叔的悲剧永远也不会重演了!"说到这里,乔治少爷的眼圈儿红了,他抑制了一下情绪继续说,"现在你们唯一要做的,就是怎样使用我给你们做自由人的权利。现在,请你们抬起头来,感谢上帝赐给我们的自由吧。"

"让我们向上帝祈祷吧!"一位年纪最大的黑人说。

所有的人都跪下来,唱着感恩的赞美诗,那婉转、真挚的歌声在天地间环绕,那是人间最美的声音……

"还有一件事,"乔治要求他们暂停一下,"你们还记得那个善良的汤姆叔叔吗?"

乔治简单扼要地向大家诉说了汤姆叔叔临终的情形和对同胞们充满感情的遗言。"就在汤姆叔叔的坟前,我曾经向上帝发誓,我再也不要拥有一个黑奴,再也不要有一个人因为我而妻离子散,像汤姆叔叔那样死在偏僻的种植园里。所以你们应该感谢善良的汤姆叔叔,善待克洛婶婶和她的孩子们。每当你们看到汤姆叔叔的小屋,就要想到自己难能可贵的自由,你们一定要听汤姆叔叔的话,做一个正直、虔诚的基督徒。为了那不能忘却的怀念,让我们把这一间小屋,当作永久的纪念碑吧!"